Schatz der Seychellen

Nicolas Montemolinos

Bibliografische Information der Deutschen Nationalbibliothek:
Die Deutsche Nationalbibliothek verzeichnet diese Publikation in der
Deutschen Nationalbibliografie; detaillierte bibliografische Daten sind im
Internet über http://dnb.dnb.de abrufbar.

Herstellung und Verlag: BoD – Books on Demand, Norderstedt

ISBN: 978-3-7526-2947-7

Inhaltsverzeichnis:

Prolog

Es ist Januar 2010. In Deutschland ist es eiskalt, aber ich bin zum Glück hier auf den Seychellen, knapp unterhalb des Äquators. Weil ich gebürtig aus Guayaquil stamme, was mitten in den Tropen liegt, stellt der Winter in Europa für mich jedes Jahr aufs neue eine große Herausforderung dar. Da drängte sich die Reise in den Indischen Ozean förmlich auf, um wenigstens für zwei Wochen die Wärme und das Licht in mich aufsaugen und meine leeren Batterien wieder laden zu können. So stehe ich also in Victoria am Hafen und warte darauf, für meine nicht zu knapp ausgefallene Ticketgebühr den Katamaran in Richtung Moyenne besteigen zu dürfen. Der liegt wie ein Stück Eisscholle bereits am Steg, glitzert blütenweiß in der Sonne und macht einen tollen Eindruck. Ich freue mich sehr, aber in die Vorfreude mischt sich auch ein bisschen Angst. Denn obwohl ich Anfang der 1990er Jahre für eine Saison als Kellner auf einem Kreuzfahrtschiff gearbeitet hatte und so schon einmal diesen großartigen Archipel besuchen konnte, bin ich alles andere als seefest. Darum ließ ich bereits das heutige Frühstück ausfallen, um mich nicht gleich schon nach zehn Minuten Fahrt übergeben zu müssen. Ich bin wohl eine halbe Stunde zu früh und beobachte die Teilnehmer der Tour, die nach und nach mit den Transferbussen von den verschiedenen Hotels heran gekarrt werden. Es sind alle Altersgruppen, Rassen und Religionen vertreten; ich falle als Mann Anfang vierzig in der bunten Truppe nicht weiter auf.

Da kommt auch schon die Reiseleiterin aus dem Büro von Masons Travel und begrüßt die Menge. Es ist eine sympathische Kreolin mittleren Alters, die sich uns auf Englisch und Französisch als „Josephine" vorstellt. Nach ein paar Sicherheitshinweisen (wir müssen unsere Schuhe an Bord des Katamarans ausziehen) und einigen Witzen, gibt sie das Signal zum Aufbruch. Die Gruppe setzt sich in Bewegung und einer nach dem anderen klettert an Bord des Schiffes, welches viel größer ist, als es vom Steg aus den Anschein hat. Wir verteilen uns recht gut auf dem Boot; es gibt genug Platz für alle. Als wir endlich abgelegt haben, freue ich mich riesig. Endlich, endlich werde ich Moyenne betreten, von dem ich schon so viel gelesen und gehört habe. Und mit etwas Glück werde ich auch Brendon wiedersehen. Anfang der Neunziger Jahre, ich war gerade Vater geworden, arbeitete ich als Kellner auf einem Kreuzfahrtschiff. Dass ich gar nicht seefest war, wusste ich seinerzeit nicht, denn obwohl ich in einer Küstenstadt aufgewachsen war, hatte ich außer der dortigen Flussfähre nie zuvor je ein Schiff betreten. So war dieser Job für mich definitiv der falsche Job. Als das Kreuzfahrtschiff wegen einer kriminaltechnischen Untersuchung für zwei Tage Zwangspause in Victoria auf den Seychellen einlegen musste (eine Passagierin war vergewaltigt worden und beschuldigte einen der Offiziere), überredete mich mein Landsmann Pedro Stompi zu einem Besuch der Stadt Victoria. Wir landeten in einer ziemlich miesen Kaschemme im Hafen, wo wir zufällig auf Brendon Grimshaw trafen. Ich wunderte mich damals zwar, wieso sich ein offenbar gebildeter Mann Ende Fünfzig an so einem Ort seine Zeit vertreibt, aber ich war mit Anfang Zwanzig eben noch vollkommen naiv. Mir gefiel weder das Ambiente des Lokals, noch fand ich das Publikum besonders spannend (kaum Frauen!) noch traf die Musik meinen Nerv. Auf die Idee, dass ich hier in einer Art „Schwulenbar" gelandet war, bin ich seinerzeit nicht gekommen, denn ich wusste ja gar nicht, dass es so etwas überhaupt gab. So dachte ich mir auch nichts weiter dabei, als Pedro und Brendon für eine halbe Stunde verschwunden waren. Nun gut, das ist nun beinahe zwanzig Jahre her und wenn ich Brendon wirklich antreffen sollte, werde ich ihn sicher fragen, was zwischen Pedro und ihm seinerzeit gelaufen ist.

Als der Katamaran die Hafenausfahrt erreicht, bestaune ich in Richtung Westen das sich mir bietende Panorama: Rechts eine künstlich aufgeschüttete Mole mit Windrädern, links einige rostige Frachter aus Südafrika und in der Mitte die grünen Berge von Mahe mit der Silhouette von Victoria. Darüber ein stahlblauer Himmel mit einigen weißen Wolken und davor das türkisfarbene Meer. Wie ein herrliches Gemälde wirkt das alles. Das sind so die Momente, wo es einem so vorkommt, als ob das gar nicht echt ist, was man hier sieht. Als ob dass alles ein Film ist. Zu schön, um wahr zu sein! Dieses Gefühl wird mich die nächsten Stunden noch des Öfteren begleiten. Für den Moment zieht ein großes Verkehrsflugzeug meine Aufmerksamkeit auf sich, welches sich im Landeanflug auf Mahe befindet. Es schwebt von rechts (Norden) langsam in Richtung links (Süden) und bildet mit seinem in der Sonne silbrig glitzernden Rumpf einen tollen Kontrast zu dem dunkelgrünen Urwald und den fast schwarzen Granitfelsen, vor denen es langsam gleitend hin zur Landebahn schwebt. Doch ehe ich meine Kamera für ein Video aktivieren kann, ist die Maschine auch schon gelandet. In Richtung Osten kommen schon die kleinen Inseln des St. Anne Marineparks in Sicht. Wir stoppen hier erst einmal unsere Fahrt. Reiseleiterin Josephine öffnet zwei Pakete Toast-Brot und gibt jedem Touristen zwei Scheiben. Wir sollen damit die Fische im Meer anlocken und füttern. Sie erklärt das alles auf Englisch und Französisch, doch zwei Chinesen haben sie offensichtlich nicht verstanden. Sie verspeisen das für die Fische bestimmte alte Brot selber, was zur allgemeinen Erheiterung der restlichen Gruppe führt. Die Chinesen schämen sich in Grund und Boden, als sie realisieren, welchen Fauxpas sie sich da gerade geleistet haben. Josephine gibt ihnen noch ein paar Ersatzschnitten und dann wirft sie selbst die ersten Brocken ins Wasser. Umgehend wird aus der ruhigen See ein brodelnder Hexenkessel. Unmengen an Fischen kämpfen um Josephines Brotkrumen und auch die anderen Gäste werfen ihren Toast ins Meer und ergötzen sich an dem Schauspiel der kämpfenden und tobenden Meeresbewohner. Ich bin an dem ganzen Spektakel eigentlich gar nicht wirklich interessiert, ich will nur endlich nach Moyenne. Das ganze Vorgeplänkel nehme ich in Kauf, weil ich sonst keine Möglichkeit habe, auf die Insel zu gelangen. Trotzdem ist es natürlich ganz nett, das will ich nicht in Abrede stellen. Als die Fütterung beendet ist, werde ich überrascht. Ich hatte mir das Programm des Ausflugs gar nicht richtig durchgelesen und mich lediglich über den seltsamen Titel „Reef Safari" gewundert. Plötzlich legt eine Art U-Boot neben dem Katamaran an und wir werden gebeten, selbiges zu besteigen. Ich bin leicht irritiert und auch etwas entsetzt, denn ich habe Angst vor dem Meer und in ein U-Boot will ich aus Furcht gar nicht. Zeit zum Nachdenken bleibt allerdings keine. Ehe ich mich versehe, sitze ich völlig überrumpelt in dem Rumpf des Gefährt, der fast komplett aus Glas besteht. Schon tauchen wir ab und schweben durch das Riff, welches im Schein des Sonnenlichts funkelt und glitzert. Zahlreiche tropische Fische in leuchtendem Gelb, Rot, Orange, und Blau umkreisen mich. Ich bin echt total geflasht, denn das ist einmalig schön! Bunte Korallen sind zum Greifen nah und das ist nicht eine Doku im Fernsehen, sondern ich bin wirklich mitten im Riff. Es ist kein Traum, es ist Realität. Damit hatte ich nicht gerechnet. Glücksgefühle steigen in mir hoch! Ich staune über die Seegurken und sehe eine Karettschildkröte durch das Riff sausen. Als der Sauerstoff im U-Boot verbraucht ist, steigen wir wieder an die Oberfläche. Dieses Erlebnis werde ich mein Leben lang nicht vergessen! Schon jetzt hat sich der Trip voll bezahlt gemacht. Wir klettern vom Tauchboot wieder zurück auf den Katamaran, wo die Besatzung inzwischen Fisch und Huhn für uns frisch gegrillt hat. Klug wäre es, hier nicht zu zugreifen. Denn ich werde im Handumdrehen seekrank, falls die Dünung der Wellen zunehmen sollte. Doch für den Moment fühle ich mich gesund und genehmige mir das Mittagessen. Schließlich hatte ich ja schon das Frühstück ausfallen lassen und hungrig sein will ich im Paradies nun auch nicht. Nach dem Essen nähern wir uns Moyenne. Doch bevor wir nach dorthin mit einem Beiboot übersetzen können, steht noch der Programmpunkt „Schnorcheln" auf der Agenda. Die meisten Gäste der Tour springen ins Wasser und planschen mit den Fischen, aber ich will Moyenne trocken erreichen. Endlich, nachdem eine weitere Stunde verstrichen ist, beginnt die Ausbootung nach Moyenne Island. Es wird auch Zeit, dass ich wieder festen Boden unter die Füße bekomme, denn die Übelkeit steigt bereits in mir hoch. Noch zehn Minuten, und ich werde reihern müssen. Schnell sichere ich mir die Pole Position und sitze als Erster im Dingi nach Moyenne. Josephine wundert sich über meine plötzliche Agilität, hatte sie mich doch bisher als eher schläfrigen Zeitgenossen wahrgenommen. Doch nun bin ich hellwach. Mein inneres Aufnahmegerät ist angeschaltet und ich speichere alles, was nun geschieht, genauestens auf meiner Festplatte im Gehirn. An Land ist Brendon erst einmal nicht zu sehen. Da wir jedoch nur eine Stunde Aufenthalt haben, beginne ich mit dem Rundweg. Die Treppe hoch und links. Vorbei geht es an den Gräbern, der Kapelle, der Korallenbucht, den Ruinen von Melidors Haus, den Coco-de-Mer-Palmen, dem Dinosaurierfelsen und vielen anderen Attraktionen im Sauseschritt. Die eine oder andere Riesenschildkröte versperrt den Weg, aber mich hält nichts auf. Nach einer halben Stunde erreiche ich Brendons Haus. Ich sehe ihn an seinen Regentonnen herum am

Hantieren und spreche ihn an. Zuerst wirkt er etwas genervt, aber als ich ihm erzähle, dass wir uns ja eigentlich aus der Bar kennen, ist er wie ausgewechselt. Er denkt wohl ich bin auch schwul und bittet mich in sein Haus. Als ich ihm erkläre, dass ich nur eine halbe Stunde Zeit habe und wieder auf den Katamaran muss, lacht er und meint, er regelt das mit Josephine. Ich solle über Nacht bleiben und am nächsten Tag mit einem der anderen Boote, die fast täglich hier anlegen, zurückfahren. Ich willige ein, denn ich will mich ungestört und ohne Zeitdruck mit ihm unterhalten. Mit Josephine und den anderen Gästen quasselt er noch angeregt, während ich die Szene aus dem Haus heraus verfolge. Es ist ein großer Trubel und ein Gewimmel von Menschen an dem kleinen Strand, wo die Dingis anlegen und ihre menschliche Fracht auch wieder abholen. Als endlich alle weg sind und eine paradiesische Ruhe einkehrt, bin ich mit Brendon, der mit seinen 84 Jahren mehr als doppelt so alt ist wie ich selbst, allein. Brendon macht für mich eine private Führung durch sein Reich, zeigt mir alle seine Pflanzen, erzählt mir Stories über seine Schildkröten und wir steigen hinauf zum Kronen-Felsen in der Inselmitte, von wo aus man die beste Aussicht hat. Ich mache Fotos und lausche gebannt seinen Berichten. Dass sein Freund René nicht mehr unter den Lebenden weilt, das macht ihm wirklich schwer zu schaffen. Er hatte sich seinen Lebensabend auf Moyenne sicher anders vorgestellt. Da ich aber weiß, dass Brendon dem Alkohol nicht abgeneigt ist und um ihn gesprächig zu machen bzw. von seinem Kummer abzulenken, zaubere ich eine große Flasche Rum aus meinem Rucksack und überreiche sie meinem Gastgeber. Der ist völlig entzückt und schon sind wir in seinem Wohnzimmer am Bechern. Das Haus ist etwas schmuddelig, aber es ist nicht Brendons Fehler, schließlich kam ich ja unangemeldet. Im Verlauf des Gespräches kommt heraus, dass er sich gar nicht mehr an die Situation mit Pedro Stompi und mir in der Bar, die wohl „Rochester Inn" hieß und schon seit Jahren nicht mehr existiert, erinnert. Er meint zu mir, dass er in seinem Leben so viele Typen abgeschleppt habe, dass er sich an Details gar nicht mehr erinnern kann. ‚Und, wie war der Sex mit mir?', fragt Brendon mich angeheitert. Mir wird jetzt etwas unwohl und ich eröffne ihm, dass er den Sex nicht mit mir hatte, sondern offensichtlich mit Pedro. Schließlich waren beide ja eine halbe Stunde verschwunden. Und ich betone, dass ich einhundert Prozent heterosexuell bin, noch nie etwas mit einem anderen Typen hatte und das auch nicht plane, weil ich diesbezüglich so flexibel bin wie eine Eisenbahnschiene. Schon gar nicht mit einem 84jährigen denke ich mir, aber das spreche ich aus Höflichkeit natürlich nicht aus. Brendon scheint verwirrt, dann findet er es aber komisch, dass ich als ahnungsloser Hetero in diesem Etablissement eingekehrt bin. Als ich ihm aber erkläre, dass mich nichts mehr schocken kann, weil sich mein eigener Sohn, Manuel Montemolinos, zwischenzeitlich auch als schwul geoutet hat und ich somit von ihm „aufgeklärt" wurde, da brechen bei dem alten Mann alle Dämme. Er erzählt mir all die Geschichten, die er normalerweise Fremden nicht erzählt, und je später der Abend und so leerer die Flasche, desto zotiger werden die Schilderungen der „nackten Tatsachen". Eigentlich sind es genau diese Dinge, die ich vermutet hatte, die aber in seinem Buch „A Grain of Sand" gar nicht von ihm erwähnt worden sind. Als ich am nächsten Morgen andeute, ein Buch über sein Leben als „schwuler Robinson" in Deutsch schreiben zu wollen, ist er zunächst gar nicht begeistert. Obwohl jeder auf den Seychellen weiß, dass er homosexuell ist, will er offiziell weiter als heterosexuell gelten, da er befürchtet, dass ansonsten seine Pläne, Moyenne zum Nationalpark erklären zu lassen, torpediert werden würden. ‚Die Seychellen sind noch nicht so weit für andere Lebensentwürfe!', gibt er mir zu bedenken. Ich meine zu ihm, er sei doch eigentlich viel mehr als nur eine „Seychellen-Ikone", sondern er wäre die „schwule Seychellen-Ikone", denn wen kennt man sonst noch als „schwulen Robinson" auf einem eigenen „Love Island"? Ich verspreche Brendon, mein Buch erst nach seinem Tode zu publizieren und er findet die Idee dann auch richtig super. So verbringe ich noch einen entspannten Tag mit ihm und reise nach einer durchzechten Nacht etwas gerädert am nächsten Tag mit dem Postboot zurück nach Mahe, von wo mich ein Taxi zu meinem schrecklichen Hotel am Beau Vallon Beach fährt.

An mein Versprechen habe ich mich natürlich gehalten. Ich habe meine Notizen von damals (trotz dreier Umzüge) tatsächlich wiedergefunden und veröffentliche hiermit nun, im Corona-Jahr 2020, Brendons Biographie als „schwuler Robinson der Seychellen". Ich denke, dass seine Homosexualität Brendon irgendwie zum Getriebenen gemacht hat. Dieses unstete „Zigeunerleben", was er da in Afrika geführt hatte, hätte wohl so nicht stattgefunden, wäre er anders orientiert gewesen. Irgendwie drängt sich mir der Verdacht auf, dass er aus England und vor seinen Eltern quasi geflüchtet ist, um unter dem Deckmantel des Abenteurers seine Freiheiten zu genießen. Von daher vertrete ich den Standpunkt, dass ich in meinem biografischen Roman seine sexuelle Orientierung nicht verschweigen werde, auch wenn das so einigen Leuten nicht passt. Denn das Schwulsein erklärt vieles in seinem Leben. Und die langweiligen Episoden aus seinem Buch, wie etwa sein Tanz mit der „Queen Mum", wirken heute wie aus der Zeit gefallen. Das interessiert keinen mehr! Dann schon lieber etwas Zotiges aus seinem Leben, was die Leser wirklich berührt. Ich denke dabei auch an meinen eigenen Sohn Manuel. Wie einfach hat er es heute, wo er schon fast 30 ist. Er hat in Phoenix, Arizona, Geowissenschaften studiert, über das Internet einen fünf Jahre älteren Mann aus Oklahoma City kennengelernt, ihn in San Francisco geheiratet und die Beiden leben nun „gaymeinsam" in ihrem Haus in Bismarck, North Dakota. Sie arbeiten in der Energie-Branche und sind glücklich. Nur ist es in der Gegend im Winter definitiv zu kalt. Manuel und mein Schwiegersohn Matthew sind eine ganz andere Generation. Mir tut Brendon im Nachhinein irgendwie etwas leid, obwohl er ein tolles Leben hatte und diese paradiesische Insel besaß. Irgendwie habe ich, wenn ich so darüber nachdenke, nicht das Gefühl, dass ich mit ihm tauschen wollte. Manuel und Matthew meinen, sie wollten auch nicht an seiner Stelle gewesen sein. Sei's drum, ich erzähle in diesem Buch nun aus seinem Leben und dann kann sich jeder Leser einfach sein eigenes Urteil bilden und seine Gedanken zu Brendon machen.

Zurück zu Hause denke ich noch oft an die Begegnung. Das sind die Ereignisse, die einem wirklich in Erinnerungen bleiben, Brendon war der schwule Robinson-Mann im indischen Ozean. Ihn durfte ich noch lebend antreffen. Die Robinson-Frau Margret Wittmer konnte ich dagegen 2011 nur noch an ihrem Grab auf der Galapagos-Insel Floreana besuchen. Dann, im Juli 2012, erreicht mich die Nachricht von Brendons Tode. Er wurde 87. Ich bin unendlich traurig. Doch ich weiß selber, dass niemand ewig leben kann. Aber sein Wunsch, dass Moyenne Teil des National Parks und vor Spekulanten gerettet werden wird, ging doch in Erfüllung. Das ist das Gute an der Geschichte. Also doch noch ein Happy End! Was ich seltsam fand: Fast zur gleichen Zeit starb im Sommer 2012 auch die weltberühmte Galapagos-Schildkröte „Lonesome George", die ich noch persönlich in der Charles Darwin Station auf der Insel Santa Cruz besucht habe. Zwei Zeitzeugen, die beiden letzten ihrer Art, waren also gemeinsam abgetreten. Ich brauchte Zeit, um das zu verarbeiten und zu begreifen. Irgendwann, ich glaube es war 2019, war genug Zeit vergangen und ich bestellte im Internet Brendons Buch noch einmal (als es endlich zu einem akzeptablen Preis angeboten wurde) in englischer Sprache. Ich verschlang den Inhalt förmlich. Beim ersten Mal, als ich „A Grain of Sand" 1998 las, empfand ich weite Strecken davon langweilig. Das Buch besaß ich jedoch nicht mehr. Ich hatte es wohl verlegt oder verschenkt. Ich war froh, sein Werk dann doch noch ein zweites Mal erwerben zu können. Gleichzeitig bedauerte ich es, dass man seine Geschichte gar nicht mehr regulär beziehen konnte. Das bestärkte mich nun in meiner Absicht, mein Versprechen wahr zu machen und ein Buch über den schwulen Seychellen-Robinson zu veröffentlichen. Seine Geschichte sollte jedem zugänglich sein. Da ich Brendon vor zehn Jahren intensiv kennen lernen durfte, finde ich sein Leben heute so toll und so spannend, dass ich es euch nachfolgend in meinen eigenen Worten wiedergeben möchte. Denn Brendon lebt durch diese Worte weiter. Natürlich angereichert um Zotiges. Brendon war nun einmal ein zotiger Typ und ein Lebemann! Waren es 50, 500 oder 5000 junge Männer, die ihn glücklich gemacht haben? Wer weis, wer weis? Bei meiner Recherche im Internet stieß ich jedenfalls mit Hilfe der der Dating-Plattform „Grindr" auf zahlreiche Bekannte und sogar auf ehemalige Kollegen von ihm. Die konnten mir viel berichten. Er hat wohl ganz offensichtlich nichts anbrennen lassen. Das ist gar nicht schlimm. Im Gegenteil; es macht ihn nur noch sympathischer und liebenswerter. Und es zeigt, wie attraktiv dieser Mann für seine Mitmenschen war, was ganz sicher nicht an seiner Optik lag, sondern an seinem Wesen.

Es ist jetzt 2020 und ich sitze bei schönem Sommerwetter auf meiner Terrasse. Ja, die Corona-Krise hängt bleischwer über allem. Doch wenn ich mich umschaue, dann sehe ich blühende Blumen und höre zwitschernde Vögel. Ich spüre die warme Sonne auf meiner Haut. Nur das Rauschen des Meeres fehlt. Deutschland kann auch ein Paradies sein. An guten Tagen! Aber nun genug meiner Worte. Also, los geht es mit den Seychellen und Brendon:

Millionen Menschen träumen davon, eine einsame Insel zu besitzen und den Widrigkeiten des Alltags zu entkommen. Brendon Grimshaw war einer der ganz wenigen, der diesen Traum Wirklichkeit hat werden lassen. Für mehr als vierzig Jahren lebte er alleine auf der winzigen, mit Palmen bewachsenen Insel Moyenne. Dort schuf er, tausende Meilen von den Kontinenten entfernt inmitten des Indischen Ozeans, als eine Art moderner Robinson Crusoe mit Hilfe seines eigenen Lebensgefährten „Freitag" einen einzigartigen Lebensstil.

Bis zur Taille entkleidet, inmitten einer dichten Vegetation, umgeben von blütenweißen Sandstränden und einem schützenden Korallenriff, verbrachte Brendon seine Tage damit, unter der Äquator-Sonne nach einem wertvollen Piraten-Schatz zu suchen. Vor mehr als 200 Jahren waren die grauen Granitfelsen dieses tropischen Paradieses in den ruhigen, türkisblauen Gewässern das geheime Versteck einer der legendären Piraten, der die Handelsschiffe auf ihrem Weg von Indien nach Europa plünderte und die Küsten Arabiens und Afrikas ausraubte.

Als Brendon, ein ehemaliger Verleger, die Insel Moyenne erstmalig entdeckte, war sie ohne Wasser und überwachsen mit Buschwerk. Es gelang ihm, das auf vier Grad südlicher Breite gelegene Eiland im Verlauf der nächsten vier Jahrzehnte in ein „irdisches Paradies" zu verwandeln. Wie er dies bewerkstelligte, seine erlebten Abenteuer, die Aufregungen bei der Schatzsuche, das Drama und die Komik um seine Begegnungen mit schwarzer Magie, Geistern, Haien und anderen seltsamen Kreaturen aus den Tiefen der Korallengärten, machen dieses Buch zu einer fesselnden und faszinierenden Lektüre.

Moyenne ist eine von ca. vierzig Granit-Inseln des Seychellen-Archipels, der einzigen ozeanischen Inselgruppe aus Granitgestein weltweit. Mitten im Ozean liegend und ungefähr 600 Millionen Jahre alt, glaubt man es hier mit den Bergspitzen des lange versunkenen Urkontinents Gondwana zu tun zu haben. Die anderen achtzig Inseln der Seychellen sind Eilande aus Korallengestein und ragen kaum aus dem Wasser des Ozeans heraus. Moyenne ist winzig, nur 0,9 Quadratkilometer groß. Trotzdem besitzt das Eiland zwei Gipfel mit über 60 Metern Höhe. Es ist bequem von der Hauptinsel Mahe aus zu erreichen (4,5 Seemeilen), aber trotzdem weit genug von dieser entfernt, sodass es Brendon Grimshaw mühelos die Privatsphäre sichern konnte, auf die dieser stets viel Wert legte.

Das heutige Moyenne hat wenig mit dem wasserlosen, von dichtem Buschwerk überzogenen Felsen aus den 1960er Jahren zu tun. Es ist zweifelsohne eine der wichtigsten Erfolgsgeschichten in Sachen Renaturierung und Terraforming sowie ökologischer Nachhaltigkeit auf den Seychellen.

Moyenne bedeutet „mittlere Insel" und wurde so 1768 von Kapitän Marion du Fresne benannt, dem Anführer einer französischen Übersee-Expedition. Warum mittlere Insel? Nun, ein Blick auf die Seychellen von oben (z.B. bei Google Earth) offenbart es: Neben der großen Hauptinsel Mahe liegen östlich die 5 kleineren Inseln des „St. Anne Marine Park", nämlich St. Anne Island, Round Island, Moyenne Island, Prison Island und Cerf Island. Von diesen kleinen Inseln ist Moyenne eben das zentrale, mittlere Eiland.

In seinem 1995 veröffentlichten Buch „A Grain of Sand" (zu deutsch: „Ein Sandkorn") schrieb Moyennes Eigentümer Brendon Grimshaw: „Persönlich kenne ich niemand anderen, der ein tropisches Eiland besitzt und darauf ganz alleine lebt. Und ich habe bisher auch noch niemanden kennengelernt, der mir das nachmachen wollte bzw. konnte. Aber die meisten Besucher Moyennes betrachten dieses Inseldasein als ihren ultimativen Traum und fragen des öfteren, ob ich über mein Leben nicht ein Buch geschrieben habe. Was wäre also zu meinem 30. Jahrestag auf Moyenne besser, als mit diesem Buch mein Leben mit ihnen zu teilen, alle Fragen zu beantworten und eine dauerhafte Aufzeichnung darüber zu hinterlassen, was für mich immer noch eine einzigartige Erfahrung ist?

Also, dann möchte ich einmal ganz von vorne beginnen: Als ich am 27. Juni 1925 in der Industriestadt Dewsbury in Yorkshire, England um 3 Uhr Morgens geboren wurde, gab es einen schrecklichen Platzregen. Ich erwähne den Platzregen, weil diese Anekdote eine der ältesten Erinnerungen meines Vaters Raymond an meine Existenz darstellte. Es war ihm lebhaft im Gedächtnis geblieben, denn es wurde ihm erst erlaubt, seinen Erstgeborenen zu sehen, als er draußen vor der Türe des Krankenhauses das Wasser aus seinem Hosenumschlägen geschüttet hatte. Meine Mutter Kitty betrat das Hospital erst einige Stunden zuvor, nachdem sie drei Pfund Süßkirschen gegessen hatte. Vielleicht ist das der Grund, warum ich ausgerechnet diese Frucht auf den Seychellen immer so vermisst habe, doch zum Glück gibt es ja auch tropische Leckerbissen wie Papayas und Mangos als Alternativen.

Wir lebten in einem Reihenhaus in einer ruhigen Straße mit meinen Großeltern und anderen Verwandten meines Vaters als Nachbarn. Meine Mutter kam aus Leigh-on-Sea in Essex und lernte meinen Vater während des ersten Weltkrieges kennen, als dieser in der Armee diente. Ich denke, ich habe es dem Einfluss meiner Mutter zu verdanken, dass ich keinen richtig breiten Yorkshire Dialekt angenommen habe. In Essex bei meinen Großeltern mütterlicherseits wurde ich oft für einen Jungen aus London gehalten. Mein Vater, der im Weltkrieg zweimal verwundet worden war, konnte eigentlich gut mit Zahlen umgehen. Aber er wurde kein Buchhalter, sondern machte sich erfolgreich im Radio- und Fernsehgeschäft selbständig. Mutter war eine hervorragende Köchin und destillierte hochprozentige Fruchtweine aus Himbeeren, Holunder, Orangen und Trauben. Auch liebte sie Bücher und das Theater sehr. Die Leidenschaft dafür hat sie offenbar mir vermacht. Man sagt, Töchter kommen nach ihren Vätern und Söhne nach ihren Müttern. So war das auch bei mir. Vorlieben und Charakter, Talente und Abneigungen, meine größere Affinität zu den schönen Künsten als zu der Wissenschaft, das hatte ich ganz klar von meiner Mutter geerbt. Während mein Vater eher liberalem Gedankengut nach hing, war meine Mutter konservativ und religiös. Das hinderte sie jedoch nicht daran, es zu akzeptieren, dass ich mit fünfzehn aus eigenem Willen die Schule für immer verließ und nie mehr dorthin zurück kehrte. Sie wusste, dass ich eine Vorliebe fürs Schreiben hatte und so verhalf sie mir über ihre Beziehungen zu einem Vorstellungsgespräch mit dem Herausgeber der örtlichen Lokalzeitung. Es handelte sich um die „Batley News", die mit drei Ausgaben jeweils die Gebiete Dewsbury, Mirfield und Birstall abdeckte. Der Herausgeber war Rayner Roberts, der mich als erstes fragte, ob ich lieber Reporter oder ein „Zeitungsmensch" werden wollte. Zum Glück habe ich dann nicht geschwafelt, sondern ganz konkret zurück gefragt, was er denn mit letzterem meinte. ‚Nun Bursche, ein Reporter weiß wie er berichtet, ein Zeitungsmensch weiß alles über Zeitungen.' Weil ich nicht hohl war, antwortete ich ihm: ‚Nun, dann ein Zeitungsmensch bitte!' Vermutlich ist das der Grund, warum ich es bis zum heutigen Tage nicht mag, wenn mich jemand als Journalist bezeichnet, denn das ist einfach nicht korrekt!

Ich war dreizehn als der Zweite Weltkrieg begann, und zwei Jahre später litten die meisten Firmen, so auch die Batley News, unter akutem Personalmangel. Ich fand mich also plötzlich in der Anzeigenannahme der Zeitung wieder, telefonierte mit den Kunden und korrigierte endlose Kolonnen an Schriftsätzen. Das machte nicht immer Spaß. Aber rückblickend betrachtet war es doch eine schöne Zeit, denn ich hasste die Schule so sehr und fand in der Arbeit wirklich Erfüllung. Nicht umsonst habe ich schließlich fast 30 Jahre meines Lebens im Zeitungsgeschäft gearbeitet, wodurch ich die Welt bereisen und letztlich Moyenne finden konnte. Von der Anzeigenannahme wechselte ich dann in die Druckerei, wo ich den Umgang mit den Druckmaschinen lernte. Harten Arbeitstagen folgte das Studium von Drucktechniken an der lokalen Abendschule. Ich erinnere mich noch gut daran, wie ich in diesen kalten Nächten mein redlich verdientes Abendessen aus Fisch und Chips genossen habe, welches passender Weise auch noch in einer alten Zeitung eingewickelt war. Meine anschließende Tätigkeit als Reporter lehrte mich, Leute nicht danach zu beurteilen was sie sagen und was sie tun, sondern danach, was sie nicht sagen und was sie nicht tun. Um an Antworten zu gelangen, musste ich oft von hinten herum fragen. Ich merke daher genau, wenn man versucht, solche Techniken bei mir anzuwenden. Die Frage, warum ich nie verheiratet war, brachte mich regelmäßig innerlich zum kochen. Da schwangen immer irgendwie Vorwürfe und Ressentiments mit. Ich denke, ich brauche mich deshalb nicht zu erklären oder zu rechtfertigen. Wer die Dinge mit offenen Augen und unvoreingenommen betrachtet, dem ist meine

Lebenssituation klar und der braucht auch keine Fragen zu stellen. Don't ask, don't tell, everything is well.

Meine journalistische Karriere startete ich achtzehn Monate nach meinem Eintritt in die Zeitung, als man mir einige Bezirke als Reporter anvertraute. Blöd war an der Sache nur, dass meinem Kollegen jeweils eine Woche Zeit gegeben wurde, seine Artikel zu schreiben, während ich dazu nur zwei Nachmittage hatte und mir lediglich mein Fahrrad als Transportmittel zur Verfügung stand. Aber wehe, wenn ich nicht rechtzeitig lieferte. Doch das Schicksal meinte es dennoch gut mit mir, da ich irgendwann zwei Kolumnen Kinokritik pro Woche schreiben sollte. Hier entdeckte ich mein Talent für künstlerische Themen und entwickelte mich zu einem sehr guten Theater- und Musik-Kritiker. Später dann wurde ich zu den Streitkräften einberufen, was meine Karriere als „Zeitungsfritze" erst mal beendete. Nach der Demobilisierung war es sehr schwierig, wieder in dem Job Fuß zu fassen. Mit Hilfe meines alten Redakteurs, der an mich glaubte, gelang es aber trotzdem und mit 23 Jahren wurde ich zum jüngsten Chef-Reporter jener Zeit in Großbritannien. Nach zwei Jahren wechselte ich zur Zeitung „The Star" im benachbarten Sheffield, um meine Redakteurs-Ausbildung anzugehen. Das war total aufregend für mich und ich arbeitete stets unter Hochspannung. Schließlich war ich für die Haupt-Story des Tages und die Schlagzeilen aller fünf Ausgaben verantwortlich. Persönliche Höhepunkte dieser Zeit waren für mich der Tod von König Georg VI und die Krönung der jungen Königin. Als ich in der örtlichen Kneipe „Die Taube und der Regenbogen" ein Bier trank, meinte ein erfahrener Kollege zu mir ich sollte meinen Job an den Nagel hängen, bevor ich wie er vom Stress einen Herzinfarkt bekommen würde und womöglich bald die Radieschen von unten betrachten könnte. Ich befolgte seinen Rat und ergatterte einen Job bei der Anglo Iranian Oil Company in Abadan, wo ich die Firmenzeitung betreuen sollte. Seltsamer Weise war meine Mutter gar nicht damit einverstanden, dass ich in den Iran gehe. Dabei hatte sie sich doch vorher ausdrücklich gewünscht, dass ich kürzer trete. Ich sagte also ab. Zwei Wochen später verstaatlichte Mossadeq die Firma. Spätestens dann wäre ich den Job ohnehin wieder los geworden. Eingebung? Intuition? Könnte sein!

Einige Wochen später hatte sie keine Einwände, als ich eine Stelle als Redakteur beim „East African Standard" in Nairobi annahm, obwohl das acht Jahre Probleme in der Dritten Welt bedeuteten und die Unbequemlichkeit mit sich brachte, eine Pistole mit zu führen und nachts mit ihr unterm Kopfkissen zu schlafen. Ja, Kenia war ein gefährliches Land. Umso erleichterter war ich, dass ich sie all die Jahre über nicht benutzen musste. Jedenfalls wurden die acht Jahre in Kenia großartig und ich war zum Schluss Kommentator beim „Standard", wo ich unter anderem Buchkritiken verfasste. Insofern hatte ich dort mein Hobby zum Beruf gemacht.

Der erste Besuch

Aus heutiger Sicht kann ich mich gar nicht mehr genau daran erinnern, warum ich Anfang der 1960er Jahre ausgerechnet die Seychellen als Ausgangspunkt für meine seinerzeit geplante Weltreise ausgewählt hatte. Auf jeden Fall war es von hier aus sehr bequem gewesen ein Schiff der British India Steamship Line zu besteigen, das einmal im Monat auf seinem Weg von Bombay bzw. Karatschi nach Durban (Südafrika) einen zwölfstündigen Zwischenstopp in Port Victoria, der winzigen Hauptstadt der Seychellen, einlegte. Freunde hatten mir erzählt, wie schön diese Inseln waren. Sie benutzten damals dieselben Worte, die ich heutzutage über Moyenne höre: „Paradies auf Erden". Das, und die Tatsache, dass die Inseln niemals von Zyklonen heim gesucht werden, war alles, was ich über die Seychellen wusste. Ich fuhr also mit dem Schiff „Kampala" in einer zweitägigen Reise von Mombasa, Kenia, nach Mahe, der Hauptinsel der Seychellen. Da die Weiterfahrt nach Bombay dann erst einen Monat später stattfand, war der Minimum Aufenthalt auf den Seychellen folglich immer einen Monat, was mir jedoch wenig Kopfschmerzen bereitete. Von meiner ersten Seereise auf die Seychellen im Jahr 1962 sind mir vor allem meine beiden Mitreisenden noch lebhaft in Erinnerung geblieben: Lord Oxford and Asquith, der der neue Gouverneur der Inseln werden sollte (die Musik-Kapelle am Anleger spielte für ihn, nicht für mich) und ein junger Politiker namens Guy Sinon, den man im folgenden Jahr zum Minister ernannte. Guy wurde ein guter Freund von mir, und er blieb es bis zu seinem Tod vor einigen Jahren. Wir sprachen jedoch fast nie über Politik. Unsere gemeinsamen Interessen waren eher Piratengeschichten und das Seemannsgarn über die versteckten Schätze von Gold und Silber. Natürlich waren die Seychellen, die ich damals ansteuerte, grundverschieden von den heutigen Inseln. Nicht nur, dass der Flughafen noch nicht existierte, es gab auch noch nicht einmal einen richtigen Hafen. Die Schiffe mussten in der Bucht vor Victoria vor Anker gehen und Fracht sowie Passagiere brachte man recht umständlich in kleineren Booten an Land. Mein erster Eindruck von Mahe war atemberaubend. Wir passierten zuerst die bergige Insel Silhouette, um dann im großen Bogen das Nordost-Kap von Mahe zu umrunden. Vom Oberdeck der Kampala bot sich mir ein wunderschöner Blick auf die hohen, grünen Gipfel und die Bucht von Victoria. Die Hauptstadt duckte sich damals etwas versteckt hinter der Seepromenade weg. Dort ist heute das Stadtzentrum, umgeben von neu aufgeschüttetem Land, mit schönen Neubauten, einem Sportstadium, den modernen Hafenanlagen, Windkraftanlagen und einer Industriezone. Wie Pilze aus dem Boden sind die neuen Komplexe überall empor geschossen. Es sind jedoch die Seychellen von 1962, die sich in meinem Gehirn festgesetzt und von meinem Herz Besitz ergriffen haben, nicht die heutigen Inseln.

Das Rumpeln der Ankerkette übertönte den Gong zum Frühstück, welches ich mit den anderen 20 Mitpassagieren gerade zu mir nehmen wollte. Wir konnten wenig zum Anlegemanöver beitragen, deshalb stellten wir unser Gepäck vor unsere Kabinen und frühstückten erst einmal in Ruhe. Damals gab es noch keine Hektik bei der Einreise! Gut gestärkt und ausgeruht setzen wir an Land über. Unser erstes Treffen mit den Insel-Offiziellen war schon beeindruckend. Ein Mann mit kurzen, silbergrauen Haaren, einem gut gestärktem Khaki Hemd und kurzen Hosen sowie einer Reihe von Abzeichen aus Metall stempelte unsere Pässe mit finsterer Miene. Später erfuhr ich, dass dieser grimmige Typ nicht nur der höchste Immigration-Offizier war, sondern gleichzeitig auch noch der Polizeichef der Insel. Komisch, dass ich ihm danach auf dieser kleinen Insel mehrere Jahre nicht mehr begegnet bin. Erst als ich mich um eine dauerhafte Aufenthaltsgenehmigung bemühte, trafen wir uns wieder. Mit Sicherheit war er ein Gewinn für die Seychellen. Das konnte ich von den beiden Hotelbesitzern der Insel jedoch nicht behaupten, denn sobald ich die Einreiseformalitäten hinter mir hatte, griff jeder einen meiner Arme und zerrten an mir herum. 'Er gehört mir!', schrien sie und ich wusste nicht wie mir geschah. Da verstand ich, dass vor dem Hintergrund einer begrenzten Anzahl an Touristen jeder Hoteleigentümer um die nicht vorgebuchten Gäste kämpfen musste. Aber als ich mich losgerissen hatte, entschied ich mich dafür, von keinem von beiden der Gast zu sein. Ich fand dann ein uraltes, hölzernes Gästehaus mit dem Namen „Pirates Arms", in dem jede Bohle quietsche und die Besitzerin, Frau Whiteright (besser bekannt als Frau Quiteright) tugendhaft darauf achtete, keine unverheirateten Paare im Haus zu haben. Das schloss natürlich jede Art von gegengeschlechtlichem Besuch aus!

Einer der schönsten Aspekte eines Seychellen-Aufenthaltes in der alten Zeit, vor der Eröffnung des Flughafens 1971 und dem dann einsetzenden Tourismus-Boom, war die zwangsläufige Vermischung von Besuchern und einheimischen Seychellois. Wir Touristen nutzten ihre Restaurants, Bars und kleinen Hotels und in meinem Fall führte das zu Freundschaften, die über drei Jahrzehnte hielten. Ein zufälliges Treffen in einer Bar oder eine einfache Vorstellung durch einen einheimischen Seychellois bei einem anderen Einheimischen führte meistens zu einer Einladung in das zu Hause des neuen Bekannten. Ein typisches Beispiel für eine solche Einladung war 'komm' mit uns morgen fischen, wenn Du möchtest, wir holen Dich um 7 Uhr am Morgen ab.' Solche Gelegenheiten nahm ich gerne wahr, mit dem Segelboot zu den ergiebigen Fischgründen draußen zu fahren, zu fischen bis das Boot die Ladung kaum mehr tragen konnte und dann zu einem Picknick-Haus zu fahren, um mit dem Gastgeber und seiner Familie ordentlich zu speisen, um dann anschließend vor meinem Hotel abgesetzt zu werden. Echt toll! Die Einheimischen wollten keine Gegenleistung. Sie waren einfach nur glücklich, einem Fremden einen super Tag bereitet zu haben. Ein 'Danke Schön' in Form einer Gegeneinladung zum Abendessen in meinem kleinen Hotel wurde gar nicht erwartet, aber natürlich trotzdem gerne angenommen. So bekam ich als Insel-Fremder zu drei Familien besonderen Kontakt, nämlich Yvon und Zita Savy, Sadec und Ruth Rasool und Raul und Doris Nageon. Aber natürlich waren da noch viele, viele mehr.

Im Jahr 1962 waren die Seychellen noch ziemlich in der Kolonial-Zeit. Die zunächst von den Franzosen 1770 besiedelten, vorher überraschender Weise unbewohnten Inseln, wurden im Vertrag von Paris England zugesprochen. Während die Franzosen jedoch als Siedler kamen, verhielten sich die Briten eher als Verwalter. Darum sind auch 150 Jahre später die Seychellois in ihrem Lebensstil eher französisch als britisch und die Umgangssprache ist nach wie vor das auf dem Französischen fußende Kreolisch. Über die Jahre sind auch noch Menschen aus anderen Erdteilen eingewandert (30.000 Einwohner 1962; 70.000 Einwohner 1995) und haben eine einzigartige Bevölkerung aus allen Rassen gebildet, die friedlich miteinander leben. Als die Sklaverei abgeschafft worden war, haben Britische Kriegsschiffe die Boote von Sklavenhändlern mit ihrer menschlichen Fracht auf dem Weg von Sansibar in den Persischen Golf auf offener See gestoppt und gezwungen, ihre schwarzen Opfer auf den Inseln im Indischen Ozean frei zu lassen. So wurden die Seychellen Heimat von 3500 jungen Männern und Frauen, die den Ursprung der schwarzen Bevölkerung bildeten. Neben den weißen Siedlern aus der Franzosenzeit bildeten ferner noch Händler aus Indien und China einen dritten Block in der Bevölkerungsstruktur. Der vielleicht sichtbarste Unterschied im Vergleich zu Kenia, wo sich Schwarze und Weiße nicht vermischt hatten, war die große Bandbreite an Hautfarben selbst in ein und derselben Familie. Das zeigte nur, das die Integration der Rassen weit fortgeschritten war. Und die Vermischung der Seychellois schreitet noch immer weiter fort, auch wenn einige alte Familien versuchen, ihre französischen und europäischen Blutlinien rein zu halten und viele Asiaten dem aus religiösen Gründen ebenfalls nacheifern. Sechsundsiebzig Prozent aller Kinder auf den Seychellen werden unehelich geboren. Man hat halt Langeweile, es ist feucht und heiß und dann passiert es. So schreitet die Vermischung immer weiter voran."

Anmerkung: Bei der Recherche für dieses Buch versuchte Autor Nicolas Montemolinos auf Mahe mit Bekannten von Brendon Grimshaw in Kontakt zu kommen, um einige Hintergründe zu erfahren. Es zeigte sich, dass die Seychellen-Bewohner doch ein recht freizügiges Völkchen waren. Ein gewisser Steve, ein bekannter Badminton-Spieler auf den Seychellen, dessen Großvater einst aus Madagaskar einwanderte und der eigentlich schwul war, berichtete aus Eitelkeit (fürs bessere Image) und familiärem Druck einige Mädchen geschwängert zu haben. Da er jedoch weder an den Mädchen noch an seinem Nachwuchs interessiert war, wurden alle Föten abgetrieben. Finanziert vom „Ministry of Health", wo Steve arbeitete. Diese kleine Anekdote zeigte, wie locker die Einheimischen doch aus der Sicht von „spießigen Europäern" drauf waren. Da nun Victoria ein Dorf ist und jeder alles wusste, lebte Steve seine wahren Leidenschaften bei seinen zahlreichen Auslandsreisen mit seinem Sportteam oder im Urlaub auf Sri Lanka aus. Er kannte Brendon aber aufgrund des Altersunterschiedes nicht persönlich, sondern nur vom Hörensagen. Vermutlich zog es Brendon auch aufgrund seiner privaten Interessen wegen dieser relaxten Atmosphäre auf die Seychellen. Von England und Kenia kannte er sicherlich strengere Sitten. Dagegen waren die Seychellen selbst 1962 schon „easy going", was sie für Brendon zusätzlich attraktiv machten!

„Obwohl ein Kolonialgouverneur in Uniform samt Helm mit weißen Ministern die Seychellen regierte", so Brendon, „mischten sich die

Leute in den Straßen, in den Bars und in den Restaurants. Natürlich gab es wie überall in der Welt auch soziale Barrieren. Aber für einen Touristen bedeuten sie wenig. Die generelle Zuvorkommenheit und Gastfreundschaft der Insulaner beeindruckten mich nachhaltig. Wenn ich so von heute, also 1995, auf mein Leben zurückblicke, bin ich schon glücklich und froh, nie Probleme mit anderen Rassen gehabt zu haben. Zum ersten mal richtig registriert hatte ich das, als ein junger Redakteur unser Zeitungs-Team in Nairobi ergänzen sollte. Nach drei Tagen Aufenthalt im New Stanley Hotel kündigte er, um in seine schäbige Bergbaustadt nach Wales zurück zu kehren. Wie er sagte: 'Meiner Frau und mir gefällt es hier überhaupt nicht! Hier sind zu viele Afrikaner.' Gott alleine weiß, was er für Leute in Kenia erwartet hatte. Aber mich machte diese Situation dankbar, weil ich begriff, die Leute immer nur nach ihrem Handeln bewertet zu haben und niemals bloß nach Hautfarbe, Rasse oder Glauben.

Während dieses ersten Aufenthalts auf den Seychellen, als ich die Zeit bis zur Weiterfahrt mit dem Schiff überbrücken musste, wurde ich vom Gouverneur zu seiner monatlichen Cocktail-Party eingeladen. Üblicherweise wurden lokale Persönlichkeiten und Britische Touristen zu diesen Feiern eingeladen. Diese Parties fanden kontinuierlich während meiner unterschiedlichen Reisen zu den Seychellen statt und ihre Atmosphäre hing maßgeblich vom jeweiligen Gouverneur ab. Ich erinnere mich zum Beispiel noch gut an das alberne Schauspiel, als alle Gäste neben ihren Autos im Regen auf dem Parkplatz der Residenz standen und geduldig auf das Erscheinen von Gouverneur Sir Hugh Norman-Walker warteten. Der erschien dann auch nach längerer Wartezeit am oberen Ende der Treppe, mit seinem Monokel und der kolonialen Uniform. Was für ein Affentheater! Schließlich mussten wir uns in einer Reihe aufstellen und ihm einzeln die Hand schütteln. Er hatte natürlich keine Ahnung wer ich war. Ich nannte ihm meinen Namen und fügte hinzu, dass ich gerne hier auf den Seychellen leben würde, worauf er überraschender Weise antwortete: 'Und hier sterben, oder?' Ich antwortete spontan: 'Nun, hoffentlich nicht so bald!' Diese freche Antwort schien dem alten Kerl nicht gefallen zu haben. Er hustete, lies sein Monokel fallen, wendete sich dem Gast hinter mir zu und sagte mit lauter Stimme: 'Der Nächste, bitte!' Unglücklicherweise verschlimmerte ich die Situation noch, weil ich den schwarzen Kellner in der weißen Livree um einen Brandy bat. Ich hatte nicht mitbekommen, dass man schon Getränke bereit gestellt hatte, nämlich Whisky, Bier, Gin und Orangensaft. Und das alles in begrenzter Menge. Als der Kellner dann mit Brandy auf einem silbernen Tablett mit den Initialen des Gouverneurs zurückkehrte, begriff ich, dass mir gerade sein privater Cognac serviert wurde. Woraufhin ein anderer Gast mit spitzer Zunge und einem breiten Lächeln zu mir meinte: 'Meine Güte, ich glaube Sie werden hier nie wieder eingeladen.' Ich war einer der Ersten, der die Party höflich verließ, als Sir Hugh heftig auf den hölzernen Boden stampfte, um seinen Gästen kund zu tun, dass es nun Zeit zum gehen war. Andere Gouverneure waren dagegen viel umgänglicher. Am unkompliziertesten war Sir Bruce Greatbatch, den ich mal, nur mit einem Handtuch bekleidet, am Swimming Pool getroffen habe. Mit seinem schwarzen Hund sah man ihn fast jeden Abend am „Long Pier" in Victoria spazieren. Ich erwähne die „Government House Parties", weil ich mich als britischer Tourist in jenen Tagen in einer sehr privilegierten Situation befand. Für Einheimische war eine Einladung damals ein Beweis höchster Wertschätzung, für mich dagegen nur ein Pflichttermin. Wichtig war es in den besseren Kreisen vor allem nicht an den zwielichtigen Ecken der Stadt gesehen zu werden, z.B. in „Sharky's Bar". Ich muss aber ehrlich sagen, dass mir die Gegenwart von Sharky und seinen „Saufkumpanen" in seiner Bar wesentlich lieber war als der inhaltsleere Small Talk auf den Cocktail-Parties. Nun, ich war damals noch jung. Rückblickend ist mir klar, dass mich sowohl die eine, als auch die andere Art von Leuten von Beginn an positiv für die Seychellen eingenommen hatten.

Man könnte Sharky als „Rohdiamanten" beschreiben, edel aber eben auch ungeschliffen. Er hatte seine Ehefrau in Southend, Essex verlassen und betrieb nun diese freundliche, kleine Bar im Zentrum von Victoria. Ein Victoria, das möchte ich hinzufügen, welches mit seinen Live Bands, Bars und Restaurants des Nachts wesentlich lebensfroher daher kam, als die tote Stadt mit geschlossenen Büros und Geschäften heutiger Tage. Es gibt nur noch zwei Diskos und meine ehemalige gemütliche Pension „Pirates Arms" ist inzwischen eine Massenherberge in der mittlerweile alles überwuchernden Tourismus-Industrie. Sharky konnte einfach mit jedem, der seine Bar aufsuchte, Freund sein. Nicht nur Drinks wurden serviert, sondern auch einfache Gerichte wie Rührei mit Bratkartoffeln. Er hatte dazu seine Freundin Daisy an den Herd gestellt und die kochte, wenn es sein musste, auch noch um ein Uhr morgens. Für Sharky war es nie zu früh oder zu spät. Erstaunlich, wenn man bedenkt, dass es zu der Zeit in England eine strikte Sperrstunde gab. Hier in den Seychellen existierten dagegen keine gesetzlichen Öffnungszeiten.

Ich erinnere mich daran, wie ich mich mit Sharky mal über ein Carlsberg Bier unterhielt (es gab damals noch keine lokale Brauerei) und er sich darüber beklagte, dass er sich durch freie Getränke an seinem Geburtstag ruinieren würde. Der war nämlich in der kommenden Woche. Da hatte er plötzlich einen tollen Einfall: Zur Abwechslung könnte er aus seinem Geburtstag ja auch einmal Geld herausschlagen, oder? Wie? Indem er ein Schiff mietete, mit eigenem Personal besetzte und gegen 2 Pfund Eintrittsgeld mit Gästen durch die Bay schippern würde. Es wurde ein wundervoller Abend; die Sterne funkelten am Firmament und der Mond reflektierte sich im ruhigen Wasser, so dass die umgebenden Inseln (einschließlich Moyenne Island, welches ich zu dem Zeitpunkt noch gar nicht kannte) förmlich in dem sanften Licht glühten. Auch eine Band war an Bord und spielte romantische Evergreens. Die Atmosphäre war magisch, das Bier floss kostenlos in Strömen, die Bar wurde trocken gelegt und Sharky war wie an jedem Geburtstag zuvor „bankrott". Als ich ihn das letzte mal sah, zeigte er mir in einem Schuppen am Long Pier seinen neuen Katamaran, mit dem er um die Welt segeln wollte. Traurigerweise wurde dieser Traum nicht wahr. Seine Frau hatte ihn verklagt und er endete im Knast von Hastings oder irgendwo dort. Ja, er war einer von vielen „Originalen" die ich bei meinem ersten Seychellen-Aufenthalt getroffen habe und an die ich mich mit echter Freude gerne erinnere.

Natürlich blieb ich nicht nur auf Mahe, sondern besuchte auch noch die zweitgrößte Insel des Archipels, nämlich Praslin (22 Seemeilen bzw. 3 Segelstunden entfernt von Mahe). In jenen Tagen gab es dort weder Elektrizität, noch Straßen, geschweige denn einen Flughafen oder irgendwelche Hotels. Das Segelboot fuhr zweimal die Woche nach Praslin, so dass ich mindestens 2 Nächte dort bleiben musste. Glücklicherweise erlaubte man mir im kleinsten von drei Regierungs-Gästehäusern an der Grand Anse zu nächtigen. Das größte „Guesthouse" trug den Namen „Mickey Mouse" und war dem Gouverneur vorbehalten, im zweiten Gästehaus wohnte die

Bürgermeisterin bei ihren offiziellen Besuchen. Glücklicherweise sage ich, weil es damals nur eine Alternative auf Praslin gab: Das Haus einer alten Jungfer, die dich entweder rein ließ wenn es ihr gefiel was sie sah oder dir die Türe vor der Nase zu knallte. Dann musstest du am Strand übernachten. Oder jemand hatte Mitleid und nahm dich mit zu sich nach Hause. Außerdem hatte ich Glück, weil eine nette Kreolin die Gästehäuser betreute und sie hervorragend kochte. Am ersten Abend gab es Schildkröten-Steak, Brotfrucht, Chips und Coco-de-Mer-Marmelade. Die Coco-de-Mer (Seychellen-Nuss) wuchs nahebei im „Valle de Mai" und ist bekannt, weil sie dem weibliche Becken ähnelt."

Hierzu eine kurze Anmerkung: Die Coco-de-Mer wächst endemisch auf den Seychellen, das heißt, sie ist nur dort verbreitet. Anders als die Kokosnuss, die wochenlang im Salzwasser umher schwimmen kann und sich so überall an den tropischen Küsten verbreitete, stirbt die Coco-de-Mer bei Kontakt mit Salzwasser. Sie wächst deshalb nur auf den Seychellen. Die Nuss hat in der Tat die Form einer Vagina, weshalb sie in früheren Zeiten auf den Schiffen als „Sex-Toy" sehr beliebt war. Man bohrte ein Loch an die zentrale Stelle der Nuss und reichte sie von Matrose zu Matrose umher. Oft befriedigten sich so mehrere dutzend Männer an einer Nuss mit Genuss nacheinander. Ja, das hört sich jetzt nach gruseligem Seemannsgarn an, aber so war es nun mal. Es hilft nicht, die Wahrheit verdrängen zu wollen. Es fuhren im 18. und 19. Jahrhundert keine Frauen mit an Bord. Die Frauen der Matrosen waren die Huren im Hafen, die Schiffsjungen und die Coco-de-Mer!

„Kein Wunder, dass General Gordon während seines Aufenthaltes auf den Seychellen entschied, dass das Tal „Valle de Mai" mit seinen erotischen Nüssen der ursprüngliche Garten Eden sein müsste, zumal die Marmelade aus den Coco-de-Mer-Nüssen angeblich wirken sollte wie ein Aphrodisiakum. Allerdings muss ich es zugeben: Immer wenn ich selber diese Marmelade probierte, blieb die versprochene Wirkung bei mir aus. Im übrigen schmeckt die Marmelade ohne Zusatz von Likör nach rein gar nichts! Heute werden die Nüsse für 50 britische Pfund als Souvenirs verkauft, wobei die Anzahl der Verkäufe von der Regierung streng kontrolliert wird.

Die meisten Besucher von Moyenne fragen mich, warum ich auf die Seychellen ausgewandert bin, wie ich dazu kam mir einfach eine Insel zu kaufen und haben auch noch viele andere Fragen. Nun ganz ehrlich: Ich weiß das gar nicht so genau. Der Grund war ganz sicher nicht, wie es viele Besucher vermuten, das ich die Weitsichtigkeit besessen hätte, den Kauf der Insel als lukratives Investment geplant zu haben. Und ich wollte mir damit auch mit Sicherheit keine Option eröffnen, aus dem beruflichen „Hamsterrad" auszusteigen. Ich weis nur, dass mir mein Instinkt nach einer Woche auf den Seychellen sagte, ich solle hier einen Fuß in die Türe hinein bekommen, um evtl. an diesen wunderschönen Ort eines Tages zurück kehren zu können. Irgendwann im Leben ahnt man ja, dass man eines Tages irgendwo den Anker werfen muss. Warum dann nicht auf den Seychellen!? Dann kann man von jeder Reise in ein schönes und immer wärmeres Zuhause zurück kehren! Die Insel kaufte ich auch deshalb, weil mir die auf der Hauptinsel Mahe angebotenen Parzellen nicht zusagten. Der Kauf war halt einfach ein Glücksfall. Ich war zur richtigen Zeit am richtigen Ort und bekam das richtige Angebot!

Felsen aus Gold

Bei meinem ersten Aufenthalt auf Praslin stattete ich auch den Inseln Curieuse und Round einen kurzen Besuch ab. Curieuse ist heute sehr bekannt für seine große Kolonie frei lebender Riesen-Schildkröten vom Aldabra Atoll. Damals begleitete mich der Ranger Willi Andre auf die Insel. Wir fuhren zuerst mit seinem Range Rover durch Praslin zum Schiffsanleger und ruderten von dort mit dem Boot zur Schildkröteninsel. Ich mochte Willi auf Anhieb und war 30 Jahre später froh, ihn als Abteilungsleiter im Umwelt-Ministerium wieder zu treffen. Aber die Ruderfahrt während des Süd-Ost-Monsun war kräftezehrend. Ich erinnere mich noch heute gut daran, dass ich mit roten und blutigen Händen auf der Insel ankam. Dort begrüßte uns der Forstbeamte Raoul Lafontaine und sein Sohn Pierre, der uns einige „Trink-Kokosnüsse" aufgeschlagen hatte. Das sind unreife, grüne Kokosnüsse die groß genug sind eine Menge Milch zu liefern, aber noch nicht so alt sind, als dass sich die Milch in weißes Kokos-Fleisch umgewandelt hätte. Nachdem wir unseren Durst gelöscht und uns auf Curieuse umgesehen hatten, kam ich zu dem Schluss, dass mir diese Insel ganz und gar nicht gefiel. Ich kann es nicht wirklich begründen, es war so ein Bauchgefühl. Jedenfalls ging das Zurückrudern durch den Rückenwind des Monsun und die entgegengesetzte Strömung diesmal wie von Zauberhand.

Zurück im Land Rover auf Praslin fragte mich ein Bekannter von Willi, ob ich nicht seinen Landbesitz für 5.000 Pfund kaufen möchte. Ich dachte mir damals, ich müsste ja total bescheuert sein, wenn ich diese paar Felsen für soviel Geld erwerben würde. Schließlich sind die ja nicht aus Gold gemacht! Aber da hatte ich dann wohl doch nicht den richtigen Riecher gehabt. Schließlich konnten hier Schiffe mit größerem Tiefgang ankern und nur ein paar Jahre später wurde das Gelände für 75.000 Pfund verkauft!

Die nächste Insel, die ich besuchte, war Round Island. Es gibt zwei Inseln mit diesem Namen auf den Seychellen. Die eine Insel liegt direkt neben Moyenne, die andere in der St. Anne Bucht von Praslin. Beide waren einmal Leprakolonien, erstere für Frauen, letztere für Männer! Später hat man die Lepra-Kranken dann nach Curieuse gebracht, aber inzwischen ist diese furchtbare Krankheit auf den Seychellen ausgerottet. Es gab Warnungen, dass der Mann, der auf Round Island als Einsiedler lebte, Leute beschießen würde, die versuchten auf seiner Insel zu landen. Daher hatte mir Willi einen

Erlaubnisschein ausgestellt und mir eine kleine Pirogge organisiert (eine Art von Kanu), mit dem ich den engen Kanal zwischen Praslin und der Zielinsel durch rudern konnte. Ich war zunächst ziemlich skeptisch, denn die örtlichen Fischer weigerten sich, mich dorthin zu fahren. Aber ich paddelte trotzdem los. Zu meiner Enttäuschung war der Waffennarr nicht zu Hause in seiner Hütte am Bootsanleger. Ich rief „Hallo, Hallo, Freund, Freund", und winkte mit dem Erlaubnisschein wie mit einer weißen Fahne. Aber niemand rührte sich. So lief ich über einen schmalen Pfad hinter dem Haus durch dichtes Buschwerk bis zu einer Lichtung, wo ich einen mageren, sonnengebräunten Kerl traf, der mich misstrauisch beäugte und mich fragte, was ich hier wollte. Er war schon ziemlich unfreundlich, aber keineswegs feindselig und zu meiner Erleichterung trug er keine Pistole bei sich. Ich fragte ihn, ob er Ken Theobald sei und überreichte ihm Willis Schreiben. Er nickte kurz, überflog den Wisch, ging ins Haus und kam mit Pfeife und Tabak zurück. Wir setzten uns und er sagte: „Ich möchte diese Insel nicht verkaufen!" Ich erwiderte, dass ich gar nicht gedacht hätte die Insel wäre zu verkaufen, und das ich nur ein neugieriger Besucher sei. Ken musterte mich sehr interessiert und meinte: "Ich möchte hier mit einem Mann auf dieser Insel leben!". Er schaute mich seltsam verzückt an und ich ahnte schon, was nun folgte. Nachdem es passiert war verabschiedete ich mich nach einem kurzem Smalltalk von der Insel und paddelte nach Praslin zurück. Ken, der Jahre später nach Australien zurück ging, hatte unser Treffen, das was passiert war und mich wohl in sehr guter Erinnerung behalten. Irgendwann erhielt ich aus Australien einen Brief, in dem mir Ken seine ganzen Ersparnisse in Höhe von 15.000 Pfund in Staatsanleihen überschreiben wollte, wenn ich ihm nur lebenslang die Zinsen überlassen würde. Doch aus diesem großzügigen Angebot wurde nichts, da seine böswilligen Verwandten aus Sydney das zu verhindern wussten.

Willi und sein 2jähriger Sohn Placide, der heute schon ein erwachsener Mann mit einem schnellen Auto und einem noch schnelleren Speedboot ist, fuhren mich ins Gästehaus der Regierung zurück. Am nächsten Tag besuchte ich noch einige der alten Jungfern, die gemütlich auf ihren schattigen Veranden saßen und mir leckeren Orangensaft anboten, doch die meisten von denen dachten gar nicht wirklich daran, mir ihr Land zu verkaufen. Sie wollten einfach nur einmal ausgiebig mit einem Gentleman aus Britannien reden, um sich die Langeweile zu vertreiben. Für mich erwies sich das als reine Zeitverschwendung. Überdies überkam mich ein furchtbarer Verdacht: Nie besaß ein älterer Mann das Land. Aber überall wuchsen giftige Pflanzen. Hatten diese alten Schachteln ihre Ehemänner aus Raffgier vergiftet? Ich gab meinen Plan, hier Land zu kaufen, auf und widmete mich den Sehenswürdigkeiten von Praslin, insbesondere dem Eden gleichenden paradiesischen „Mai-Tal", dem Valle de Mai. Wie alle heutigen Touristen bewunderte ich die seltsam erotische Erscheinung der Coco-de-Mer-Nüsse sowie den phallusartigen Blütenstand dieser Palmenart mit seinen kleinen gelben Blüten. Was ich damals noch nicht ahnte. Es sollten weitere 30 Jahre vergehen, bis ich Praslin und die benachbarte Insel „La Digue" erneut besuchen würde. Das kann man sich eigentlich gar nicht vorstellen, werden doch die Inseln Praslin und La Digue von den allermeisten heutigen Seychellen-Touristen angefahren, doch es zeigt letztlich, wie insular ein Insulaner irgendwann werden kann.

Auf der Rückfahrt nach Mahe mit der Fähre lernte ich einen netten Herrn kennen, der mir, als wir in Victoria anlegten, sagte: „Sie sind jederzeit gerne in meinem Hotel willkommen!" und dabei auf ein

Gebäude in den Hügeln rechts oben vom Stadtzentrum zeigte und lachte. Wie sich herausstellte, war er der Direktor vom „King George Gefängnis". Später war dieses Gebäude Schauplatz einer Meuterei der Armee. Was mich betrifft: Ich habe mein eigenes Gefängnis, nämlich die Nachbarinsel Long Island. Dessen Wärter und Insassen winkten mir und meinen beiden Hunden Flambo und Bernadette stets freundlich zu, wenn sie in ihren dunkelgrünen Booten den Kanal zwischen Moyenne und Round Island durchfuhren. Ich hätte mir gar keine besseren Nachbarn wünschen können.

Zurück auf Mahe dämmerte es mir, dass obwohl mir die Seychellen außergewöhnlich gut gefielen, es hier für mich zu schwierig werden würde, ein geeignetes Eigentum zu erwerben. Ich hatte einen Bekannten aus der Ukraine namens Andrij, der auch immer eine Immobilie in guter Lage in Westeuropa kaufen wollte, sich hunderte Objekte anschaute und stets leer ausging oder mit nichts zufrieden war. Er wollte immer das ultimative Schnäppchen machen, doch das kam nie. So verteuerten sich die Immobilien von Jahr zu Jahr und sein Ziel, ein eigenes Haus zu besitzen, rückte in immer weitere Ferne. Er war, was man gemeinhin einen „Immobilienfantaseur" nennt. So wollte ich nicht sein! Also konzentrierte ich mich nun auf die Strände und die Riffe und genoss am Abend die Bars. Man hat ja nicht immer warmes Wasser, Sonnenschein und so eine perfekte Urlaubskulisse zur Hand. So schnorchelte ich um Souris Island in der nähe der Anse Royal und wurde dabei allerdings von einem riesigen Barrakuda belästigt, der mich überall hin verfolgte. Ich musste dann das Wasser verlassen, worüber ich mich echt ärgerte. Später schwamm ich sogar mit Haien; es ist halt alles eine Sache der Gewöhnung. Allerdings gab es bisher auf den Seychellen keine Hai-Attacken auf Menschen. Warum diese beeindruckenden Tiere in Durban oder Sydney so gefährlich sind, hier aber nicht, finde ich auch seltsam. Das liegt bestimmt am warmen Wasser, welches für die Tiere angenehmer ist und sie beruhigt. Außerdem gibt es hier Massen an Fisch, den die Haie fressen können. Dadurch ist das Meer hier also sicherer als anders wo. In einer Bar lernte ich übrigens das hübscheste Mädchen der Insel kennen, die mich immer mit „Captain Bren" ansprach und mir vor meinem Hotel auflauerte, aber ich war überhaupt nicht interessiert! Ein nerviges Weib, dass ich nur mit viel Mühe wieder los werden konnte. Wenn die gewusst hätte ...

Ich fuhr Wasser-Ski und mietete für 1 Pfund pro Tag ein Auto bei einem Typen namens Gilbert, der neben zahlreichen anderen Jobs in Victoria auch noch dafür zuständig war, den viergesichtigen Uhrenturm im Stadtzentrum zu reparieren. Der „Clocktower" war eine Replik der Uhr von der Vauxhall Bridge Road in London und wurde 1903 als Zeichen der Kolonisierung der Seychellen aufgestellt. Er dient den Besuchern seit jenen Tagen als nützliche Landmarke und Sehenswürdigkeit. Er ähnelt auch dem Big Ben ein bisschen. Nach ein paar Wochen zog ich vom Hotel in der Stadt in ein Haus am Strand mit dem Namen „Hotel de Seychelles". Hier wurde der Morgen-Tee um 6 Uhr gereicht (ob man wollte oder nicht), es gab ein Englisches Frühstück, Kaffee und Biskuits um 11 Uhr, später ein dreigängiges Mittagessen, Nachmittagstee und Kuchen sowie ein Vier-Gang-Menü zum Abend. Das alles für erstaunlich niedrige 4 Pfund pro Tag. Das einzige Problem waren die Sandflöhe, die schlimmer zuschlugen als die Mücken (zum Glück sind die Seychellen frei von Malaria und Gelbfieber). Wegen der doofen Flöhe musste ich mir in der Apotheke in Victoria Zitronengras-Öl besorgen. Das roch zwar streng, aber damit konnte man die Biester exzellent los werden. Heute gibt es solche Probleme nicht mehr, denn die touristischen Strände werden alle intensiv mit Insektiziden besprüht. Vier Tage bevor ich nach Bombay abreisen sollte schlug der Hotelbesitzer Garry Legrand vor, ich sollte ein paar kanadische Touristen in seinem Boot „Alice" zu einem Picknick auf einer der Insel Cerf vorgelagerten kleinen Insel mit dem Namen Hidden Island (zu deutsch: „Versteckte Insel") begleiten. Die Insel bekam ihren Namen, weil sie in der engen Meerenge zwischen Cerf und Mahe in den Augen ungeschulter Betrachter oftmals hinter Bäumen, Wellen, Schiffen oder anderen Dingen verschwindet und quasi unsichtbar erscheint. Jedenfalls wurde dieser Tag viel besser als erwartet. Die „Alice" war ein sehr komfortables, hölzernes Schiff. Wir gingen im Yacht Club an Bord. Für die Passage vom inneren Hafen auf Mahe nach Cerf benötigten wir ungefähr eine halbe Stunde. Wir mussten außerhalb des die Inseln Cerf und Hidden Island schützenden Riffs ankern und mit einem kleinen Beiboot an Land fahren. Wir landeten am südlichen Ende von Cerf und trafen auf einen Mann, der gerade damit beschäftigt war, ein riesiges Loch in den Strand zu graben. Er meinte, er suche einen Schatz. Er bot uns einige Triton Muscheln, die er im Riff gefunden, gewaschen und poliert hatte, zum Kauf an. Das war damals noch legal, denn der St. Anne Marine Park, der all die inneren Inseln schützen soll, wurde ja erst 1973 errichtet. Mit den Kühlboxen auf unseren Schultern wateten wir durch das knietiefe Wasser zur versteckten Insel hinüber und schlugen unser Lager in den Ruinen eines verlassenen Hauses auf. Die versteckte Insel entsprach der Vorstellung eines tropischen Paradieses im Kleinformat. Die Insel hatte zwei kleine Hügel voll mit Palmen und einen wunderschönen Sandstrand mit Aussicht auf die die Insel Anonyme und die Süd-Ost-Inseln, dort wo sich heute der internationale Flughafen befindet.

Es gab fünf Gräber, von denen aber zwei bereits von Schatzsuchern geöffnet und geplündert worden waren. Offenbar hatten schon viele Leute hier nach Schätzen gesucht, denn in der Mitte der Insel sah ich ein echt tiefes Loch (ca. 3 bis 4 Meter tief), in dem sich eine Palme selbst ausgesät hatte, deren Blätter nun das Bodenniveau erreichten. Es gab noch viele andere kleinere Gruben. Eine war so mit Gras überwachsen, dass ich zwei Meter tief in diese „Falle" hineinstürzte, aber zum Glück unverletzt blieb. Es war schon irgendwie eine lustige Situation, als ich Seite an Seite mit dem Kanadier und seiner Frau spazierte, plötzlich im Erdboden verschwand und die Beiden einfach weiterliefen und sich dann doch wunderten, wo ich abgeblieben war. Meine Hilferufe führten zu zwei verdutzten Gesichtern, die von oben in das dunkle Loch starrten und als sie realisierten, dass ich unverletzt geblieben war, in großes Gelächter ausbrachen. Also ich denke, die Schönheit dieses Eilands, das tolle Wetter, diese recht eigentümliche Atmosphäre einer Pirateninsel mit versteckten Schätzen sowie die hunderten bunten Fische im Riff hatten mich total geflasht. Irgendwie wurde mir klar, dass Hidden Island die Art von Ort war, nach der ich schon immer die ganze Zeit gesucht hatte. Während des Picknicks erfuhr ich, dass die Insel einem gewissen Sam Calais gehörte, der am anderen Ende von Cerf lebte. Der Hotel Besitzer verriet mir, dass er auch schon versucht hatte, Hidden Island zu erwerben, aber bei Sam auf Granit gebissen hatte. Ich sollte es einfach mal versuchen. Vielleicht hätte ich mehr Glück. Also wurde für mich am nächsten Tag ein Termin bei der Familie Calais arrangiert und man stellte mir die „Alice" als Transportmittel zur Verfügung. Sie können sich sicher vorstellen, wie beflügelt ich bei der Rückkehr nach Mahe war, mit der hinter den Bergen untertauchenden Sonne, die alles in türkis und goldenes Licht tauchte. Die versteckte Insel könnte mein „island in the sun" werden, so hoffte ich. Ich traf mich also mit Sam Calais, seiner Frau und einem Sohn auf der Veranda ihres Hauses. Hier flogen alle Sorten von farbigen und lebhaften Vögel wie wild umher und man hatte einen tollen Blick auf einen großen Kapok Baum mit seinen weißen Puschel-Blüten, das erste Exemplar, welches ich je zu Gesicht bekommen hatte.

Wir mochten uns auf Anhieb und so dauerte die Angelegenheit nur kurz. Wir vereinbarten mündlich, dass ich die versteckte Insel für 60 Jahre pachten durfte. Die Verträge sollten am nächsten Morgen beim Rechtsanwalt Herrn Raul Nageon unterzeichnet werden. Ich war etwas unter Zeitdruck, weil ich am übernächsten Tag abreisen musste. Als Pacht sollte der aus heutiger Sicht lächerliche Betrag von 50 Pfund jährlich vereinbart werden. Es gab eine Vertragsklausel, die mir verbot, Bäume zu fällen. Aber das war nun wirklich gar kein Problem. Innerhalb der nächsten Jahre revitalisierte ich den Bestand an Kokos-Palmen, führte Guaven und Mangos ein und pflanzte zahlreiche bunt blühende Büsche. Hidden Island, dieses versteckte Paradies, war, ist und wird in meinen Augen für immer magisch sein.

Das Schicksal übernimmt

Während meiner Insel-Suche übernahm dann letztendlich das Schicksal, ein Karma, eine göttliche Fügung oder wie man es auch immer nennen sollte, den entscheidenden Part. Der Rechtsanwalt hatte sein Büro im ersten Stock eines uralten Holzgebäudes in der Innenstadt von Victoria. Alles machte einen recht öden Eindruck. Ich fand Raoul versteckt hinter einem großen Berg Akten an seinem kleinen Schreibtisch. Als ich bei ihm eintraf, hatte die Calais Familie bereits den Vertrag unterzeichnet und war schon nicht mehr anwesend. Ich musste nur noch selbst unterzeichnen. Während ich mich also mit ihm noch freundlich unterhielt, klingelte sein Telefon. Um höflich zu sein und die Konversation nicht zu belauschen (es war ohnehin auf Kreolisch, was ich gar nicht verstand), erhob ich mich und ging ans Fenster, um mir das Treiben draußen auf der Straße anzuschauen. In jenen Tagen gab es noch gar keine Fenster aus Glas, nur hölzerne Jalousien. Ein junger Mann lief die Straße entlang, blickte nach oben, sah mich und rief: „Hey, wollen Sie eine Insel kaufen?" Ich antwortete: „Habe ich gerade schon gemacht, sorry". „Nee, nicht Hidden Island. Ich meine eine richtige Insel, so wie Moyenne", rief er mir zu und meinte: „Ich komme zu Ihnen hoch!" Es stellte sich heraus, dass der junge Mann (Norman Gardner war sein Name) am Vorabend in einer örtlichen Bar gehört hatte, dass der Eigentümer von Moyenne (Phillipe George) seinen Besitz wegen Geldschwierigkeiten verkaufen musste und von der Familie Calais erfahren hatte, ich sei ein potentieller Insel-Käufer. Raoul bestätigte mir gegenüber, dass Moyenne ein Traum von einer Insel wäre und sich besser besiedeln lassen würde als Hidden Island. Ehe ich mich versah, saß ich in Normans Speed-Boot, bretterte zwischen den Felsen von Round Island durch den Indischen Ozean und betrat den Boden von Moyenne das erste Mal. Für mich gab es gar kein Zögern und nicht den Hauch eines Zweifels, als ich den steinigen Weg hoch zu einem kleinen Plateau lief. Das war es! Das war die Insel meiner Träume! Als ich mich so umschaute, umgeben von riesigen Mango-Bäumen und dichtem Gestrüpp, wusste ich intuitiv dass Moyenne das war, nachdem ich immer schon gesucht hatte.

Als ich mich so durch das Gestrüpp kämpfte, fand ich ein von Wind und Wetter demoliertes hölzernes Gartenhäuschen einsam in der Landschaft stehend, seine kleine Veranda muss wohl viele ausgelassene Partys erlebt haben. Lang, lang ist es her. Die Insel lag absolut still und verlassen im Ozean. Niemand bewachte sie, niemand begrüßte mich hier. Selbst Vogelgezwitscher war nicht zu vernehmen. Ich empfand aber überhaupt keine Traurigkeit. Nur Schönheit und Fröhlichkeit umgaben mich hier. Mein Bauchgefühl sagte mir klipp und klar: „Moyenne ist wie für Dich geschaffen. Es ist alles was du brauchst. Mach es zu Deinem neuen Zuhause!" Ich war so aufgeregt und entzückt. Ich konnte es gar nicht erwarten, zurück nach Mahe zu kommen und mich so schnell wie möglich mit dem Eigentümer zwecks Kaufs der Insel zu treffen. Kaum zehn Minuten auf diesem Eiland hatten gereicht, mir zu verdeutlichen, dass ich den Rest meines Lebens hier verbringen wollte! Natürlich beabsichtigte ich Moyenne nur zur Selbstnutzung zu kaufen. Ich bin kein Unternehmer wie viele Besucher der Insel es vermutet hatten, als ich sie für die Öffentlichkeit zugänglich machte. Ich wollte nur ihre Schönheit und Ruhe mit anderen Menschen teilen. An diesem sonnigen Samstagmorgen stand ich alleine an Moyennes weißem Sandstrand. Nicht in meinen wildesten Träumen hätte ich mir seinerzeit eine von mir selbst herbeigeführte Situation ausmalen können, in der tausende Touristen diese kleine Insel zu einem der meist besuchten und populärsten Orte der Seychellen machen würden. Das geschah alles irgendwie spontan, zufällig und ungeplant im Laufe der nächsten Jahre.

Allerdings wurde die Sache mit dem Kauf der Insel dann doch etwas schwieriger, als ich zunächst angenommen hatte. Norman wollte für die Besichtigung weder Geld noch Benzin fürs Boot und ich habe ihn danach auch fast zwanzig Jahre nicht mehr auf Moyenne begrüßen dürfen. Wahrscheinlich war es ihm peinlich was passierte, denn als ich den Eigentümer Phillipe George zum Mittagessen in Victoria traf, behauptete er, dass Norman wohl überhört hätte, dass seine

Verkaufsabsicht nur ein Scherz gewesen sei. Er und seine Frau bauten gerade auf Mahe ein Haus und er hätte sich wohl dahingehend in der Bar geäußert, dass wenn die Baukosten weiter so explodieren würden, er gezwungen sei Moyenne zu verkaufen. Als ich das hörte, war ich am Boden zerstört. Ich hatte mir nämlich schon in Gedanken ausgemalt, was ich so alles tun würde, wenn ich dort leben würde. Ich hatte selbst die Sache mit Hidden Island schon verdrängt. Aber aus der Traum! Da hatte ich mich zu früh gefreut. Nachdem der Deal nun geplatzt war, lud ich Phillipe und seine Gattin trotzdem noch zum Abendessen in meinem Hotel ein. Es war ohnehin mein letzter Abend auf den Seychellen und ich brauchte jetzt einfach Gesellschaft. Phillipe akzeptierte die Einladung unter der Bedingung, dass ich das Thema Moyenne nicht anschneiden würde. Raoul und seine damalige Freundin (und heutige Frau) Doris begleiteten uns. Sie kamen bereits von einer Cocktail-Party als sie so ca. gegen 21 Uhr zu uns stießen. Ich erinnere mich nicht mehr daran, was wir gegessen haben, aber es wurde ein feuchtfröhlicher Abend mit vielen Drinks, Likören und und einem tollen Wein. Wir saßen unter den Palmen nahe beim Strand und dieser tolle Abend legte das Fundament für einige nun über 30 Jahre andauernden Freundschaften.

So gegen 23 Uhr meinte Phillipe zu mir: „Weißt Du Brendon, Du bist eigentlich gar nicht so übel. Ich habe Moyenne von meinem Großvater geerbt und möchte die Insel nur in gute Hände geben. An jemanden, der sich wirklich darum kümmert. Ich glaube inzwischen, dass Du das bist!" Ich sagte zu Phillipe im Brustton der Überzeugung: „Natürlich würde ich das!" Er meinte zu mir: „Es ist Veras Geburtstag. Und es stimmt wirklich, dass ich die Insel gar nicht verkaufen wollte. Das war in der Tat ungelogen nur ein Scherz von mir gewesen. Aber heute ist Veras Geburtstag und Dein letzter Tag hier und ich glaube

Du würdest Dich ganz toll um die Insel kümmern. Also lass und schnell doch noch die Verkaufsbedingungen besprechen". Das ganze lief ab wie in einem Film. Ich realisierte gar nicht, dass dies alles Wirklichkeit war. Wir schickten Doris und Vera zu einem Spaziergang an den Strand und nur wenige Minuten vor Mitternacht, am 24.02.1962, besiegelten wir den Deal per Handschlag. Moyenne hatte einen neuen Eigentümer! Später dann fand ich heraus, dass ich seit 1850 der elfte Besitzer der Insel war und erst der dritte, der tatsächlich darauf gelebt hatte. Zu jedem der mich fragt, wie ich Besitzer einer eigenen Insel wurde, kann ich deshalb nur sagen: „Es war Schicksal…!" Es gab keinen Immobilienmakler und auch keine Werbung. Es passierte einfach so, wie ich es beschrieben habe. Hätte es nicht den Anrufer in Raouls Büro gegeben, wäre ich nicht zum Fenster gegangen, hätte Norman nichts missverstanden, hätte Vera nicht Geburtstag gehabt und Phillipe mich nicht gemocht, würde ich heute nicht auf Moyenne leben und hätte auch nicht dieses Buch geschrieben. Hätte, hätte, Fahrradkette…

Am Tag nach dem Handschlag-Geschäft erfuhr ich, dass sich die Ankunft meines Schiffes nach Bombay um einen Tag verzögern würde. Daher konnten wir dann den Verkauf doch noch schriftlich abschließen und offiziell registrieren lassen. Der Kaufpreis Betrug 8.000,00 Pfund (mit den üblichen Nebenkosten waren es letztlich 10.000,00 Pfund). Alles lief also voll nach Plan. So bestieg ich am Nachmittag die Karanja, setzte mich an Deck und betrachtete bei der Ausfahrt das einige Meilen entfernte und immer kleiner werden Moyenne. Freunde meinten später, ich müsste voller Stolz und erhabener Gefühle gewesen sein. War ich aber gar nicht. Ich saß da mit meinem riesigen Glas Gin Tonic voll mit Eis- und Zitronenstücken und dachte nur: „Was hast Du da bloß getan?" Aber im Laufe der Zeit erfreute ich mich immer mehr an der Kaufentscheidung. Bedauern kam nicht in mir auf. Ich begriff irgendwann, dass ich verglichen mit dem 600 Millionen Jahre alten Moyenne nur ein kleines Sandkorn („a grain of sand", so lautete der Titel von Brendons publizierten Erinnerungen) an einem seiner Strände war. Und ich wusste: Niemand besitzt eine Insel wirklich. Immer ist man nur für eine ganz kurze Zeitspanne ihr Begleiter und dann kommt ein neuer in der Kette. Seit ich auf Moyenne lebe, danke ich Gott jeden Tag aufs neue. Danke für dieses Leben, danke für diese Insel und die Schönheit die mich Tag und Nacht umgibt. Danke für mein Leben im Garten Eden! Für solche Einsichten muss man gar nicht besonders religiös sein.

Ich plante nach meiner Abreise innerhalb eines Jahres auf die Seychellen zurückzukehren. Aber es sollten 3 Jahre vergehen, bis ich wieder auf Moyenne war. Der Mensch denkt, aber Gott lenkt könnte man sagen. Während der fünftägigen Reise nach Bombay (2000 Meilen von Mahe entfernt) konnte ich mich von dem doch recht anstrengenden und aufregenden letzten Wochenende meines Seychellen-Urlaubs erholen. Urlaub vom Urlaub sozusagen! Ich rekapitulierte, wie erfolgreich meine Insel-Suche gewesen war, denn ich hatte gleich zwei Eilande „erworben". Das völlig unbelastete und von anderen Rechten freie Inselchen Moyenne und Hidden Island, welches ich bis über meine maximale Rest-Lebensspanne hinaus gepachtet hatte. Erfolg macht Hunger, und so probierte ich jeden Tag einen anderen Pudding aus dem Bord-Restaurant der Karanja, nämlich die Sorten „Rosinen", „Ingwer", „Zitrone", „Schokolade" und „Sirup". Es ist schon eine kleine Herausforderung solche Puddings in so einem heißen Klima herzustellen. Auf den Seychellen gab es die kaum. Ich vermisse die Puddings sehr. Auf Moyenne habe ich mir nie einen selber gekocht; ich war einfach zu faul und untalentiert dazu.

Auf der Fahrt nach Bombay genoss ich nicht nur die leckeren Süßspeisen, sondern erfreute mich an den fliegenden Fischen, die bei ihren Flügen enorme Distanzen und etliche Wellentäler überwanden und an den phantastischen goldenen Sonnenuntergängen über dem offenen Meer.

Während der Reise machte ich mir gar keine Gedanken über die genaue Zukunft und wie ich meine Weltreise fortzusetzen gedachte, aber dann wurde mir die Entscheidung quasi abgenommen: Ich erhielt ein Telegramm mit schlechten Nachrichten: Meinen Eltern ging es nicht gut und es wurde klar, dass sie mich „zu Hause" brauchten, d.h. in Seaford in Sussex, wo sie sich als Rentner niedergelassen hatten (und schlussendlich die letzten ihrer 61 Ehe-Jahre verbrachten). In Bombay quartierte ich mich im berühmten „Taj Hotel" an der Seepromenade ein. Irgendwie lag dieses Hotel aber gar nicht am Wasser. Die meisten Zimmer waren zur dampfenden Stadt statt zum kühlen Meer ausgerichtet. Es war unerträglich. Der Architekt hatte wohl, wie ich gehört hatte, nach der Fertigstellung Selbstmord begangen. Trotzdem war es natürlich ein erstklassiges Hotel und ich bedauerte es, am nächsten Tag via Aden nach London fliegen zu müssen. Immerhin gab es auf diesem Flug von Air India einen super Service und ganz leckeren Hummer. Von einem Kellner im Tadj hatte ich gelernt, niemals etwas zu trinken, wenn ich ein Curry als zu scharf empfand. Ein Stück kühlende Mango, Brot oder Reis absorbieren die Schärfe viel besser im Mund, wohingegen Wasser, Bier oder Wein diese nur weiter verteilen. In meiner Nacht in Bombay konnte ich eigentlich nicht viel machen. Am nahen „Gateway to India" sah ich meine erste Cobra, die sich zum Flötenspiel ihres Besitzers in einem Bastkorb schlängelte. Das waren meine Eindrücke von Bombay, welches heutzutage in „Mumbai" umbenannt ist.

Abbildung 04: Strand an der Piratenbucht auf Moyenne

Zurück in der Kälte

Der März ist ganz sicher nicht mein präferierter Monat, um England zu besuchen. Der März 1962 war kalt, grau und nass. Ganz besonders im kleinen Küstenörtchen Seaford, wo große Wellen die Seepromenade zerschmettert hatten und kleine Berge aus Betonstücken hinterließen. Meine Mutter erfreute sich an der Geschichte, wie sich der alte Kellner vom Esplanade Hotel verzweifelt an einer Laterne fest geklammert hatte, um nicht ins Meer gespült zu werden, bis die Feuerwehr ihn rettete. Andere erzählten mir von Kieselsteinen vom Strand, die vors Rathaus geschleudert worden seien. Das war natürlich fast schon das Gegenteil von dem, was auf den Seychellen vor sich ging. Dort Wärme, Frieden und Licht (ein Leben wie in Eden), hier Kälte, Sturm und Tristesse (sicher alles andere als paradiesische Zustände). Zum Glück erholten sich meine Eltern wieder, aber ich kann wohl kaum behaupten dies wäre aufgrund meiner Krankenpflege geschehen. Meine Eltern mochten meine Idee erneut nach Übersee zu gehen ganz und gar nicht. Meine Mutter verbot mir sogar über die Seychellen und Moyenne im Besonderen zu sprechen. Das belastete mich enorm. Die nächsten zwanzig Jahre verweigerte sie sich jeder Einladung einen Urlaub auf Moyenne zu verbringen, mit der Begründung: „England ist gut genug für mich, ich brauche keine heißen, stinkenden ausländischen Orte!" Ich wunderte mich sehr über ihr Verhalten, denn eigentlich war sie eine sehr intelligente Frau. Ich nehme an, dass Reisen, vielleicht auch Flugreisen, wohl ihr wunder Punkt waren, obwohl ich nach ihrem Tod ganz überraschend einen aktuellen Reisepass in ihren Unterlagen vorgefunden habe. Zu der Zeit besaß mein Vater keinen Pass. Mit etwas Widerwillen fuhr ich nach London, besuchte einen alten Kollegen aus meiner Zeit in Sheffield und nahm einen Job bei der Nachrichtenagentur Reuters an. Zum ersten und auch letzten Mal in meinem Leben musste ich dort Schichtarbeit verrichten. Was für ein Scheiß! Von Seaford aus war es zeitlich viel zu aufwendig, jeden Tag in die Fleet Street zu fahren, wo die Zeitungen und Nachrichtenagenturen ihren Sitz hatten. Also nahm ich mir ein kleines, schäbiges Zimmer in der Nähe. Es folgte dann der totale Realitätsschock: Die Schichten hinderten mich daran, irgendeinen Club oder eine angesagte Bar zu besuchen, geschweige denn Freundschaften zu schließen. Meine Kollegen verbrachten ihre Freizeit ohne mich in den Vororten. Was sollte ich nur machen? Ich wurde also ein Profi-Tourist: Einen Tag verbrachte ich im Tower of

London, den nächsten Tag in der Westminster Abtei, dann St. Paul's Kathedrale, die Nationalgalerie und so weiter. Wenn ich von der Arbeit zu meinem Zimmer zurück ging, kehrte ich immer in einem Kiosk am Sloan Square ein und bestellte einen leckeren Hot Dog mit echtem englischen Senf. Das erinnerte mich auch irgendwie an vergangene Tage, als ich zu Beginn meiner Karriere in Yorkshire bei Nacht und Nebel mit Fish & Chips bewaffnet durch die Kälte von der Arbeit nach Hause gelaufen war.

Wenn ich länger frei hatte, fuhr ich nach Seaford und half meinen Eltern bei der Haus- und Gartenarbeit. Meine Mutter nannte das Haus immer „Kleeblättchen", weil hier so viel Klee wuchs, als sie das Anwesen erwarben. Mit ihrem grünen Daumen hatte sie das Grundstück in ein kleines Refugium verwandelt. Es gab viele Rosen und auch Kirsch- und Mandelbäume. Auf der Rückseite des Grundstückes wuchsen sechs Pinien, deren Samen meine Mutter aus einem Zapfen, den ich auf einer Rundreise in Südafrika vom Tafelberg einsteckte, entnommen und erfolgreich ausgepflanzt hatte. Als sie drei Jahre nach meiner Reise einen Windschutz haben wollte, erinnerte sie sich an den Zapfen und die sechs Pinien waren das Ergebnis. Mein ganzes Leben lang habe ich Samen gesammelt und die ungewöhnlichen Pflanzen in Mutters Garten in Sussex und bei mir auf Moyenne beweisen, dass manche Pflanzen selbst in einem ganz anderen Klima wachsen und gedeihen können. Ich liebte ganz besonders Narzissen, Schneeglöckchen und Tulpen. Leider gediehen diese Pflanzen auf Moyenne nicht. Die Zwiebeln verschimmelten ganz einfach jedes mal, wenn ich welche auspflanzte.

Zurück in der Sonne

Nach fünf Monaten nahm das Schicksal mein Leben wieder in die Hand. Ein Kollege und Freund aus Ost-Afrika, Ken Ridley, besuchte mich in London und wir trafen uns im warmen Foyer des Regent Palace Hotel und gingen von dort in ein China Restaurant am Piccadilly Circus. Beim Essen fragte mich Ken wie es mir gehen würde und ich erwiderte „Nicht so gut!". Ken schlug vor, ich solle mich mit Bill Ottewill treffen, dem Herausgeber zwei großer Zeitungen in Tansania (aus der selben Firmengruppe, für die ich bereits in Kenia gearbeitet hatte). Bill würde in ein paar Wochen in London sein. Nach einem Job fragen kostet ja nichts! Gesagt, getan! So traf ich mich mit Bill (der übrigens später mal der PR Chef von Barclays werden würde) auch im Hotel und wir gingen in einer Art Wiederholung der Performance von dort ebenfalls in besagtes China Restaurant. Bill war offen für meine Anfrage und meinte, wenn ich flexibel wäre, würde er mir den nächsten freien Job, für den ich geeignet wäre, anbieten. Ich akzeptierte diesen Vorschlag und Bill hielt tatsächlich Wort. Ein paar Wochen später erreichte mich ein Telegramm mit einem Job Angebot als Redakteur beim „Tanganjika Standard" und seiner Schwesterzeitung „The Sunday News" die im Dezember frei werden würde. Natürlich war ich zwiegespalten. Einerseits erfreute mich die Aussicht in einem wärmeren Klima und unter Freunden arbeiten zu können. Andererseits wären meine Eltern nicht so begeistert, wenn ich wieder so weit weg wäre. Aber sie konnten sich schließlich gegenseitig helfen und fühlten sich im Ruhestand wohl. Ich mich mit meinem derzeitigen Job bei Reuters nicht. Ich musste schließlich mein eigenes Leben leben und das wollte ich in Eden leben und nicht London. Kann schon sein, dass so eine Einstellung auf den ersten Blick total egoistisch und hedonistisch erscheint, auf lange Sicht ist sie aber richtig! Als ich Reuters erzählte, ich wolle nach Dar es Salaam in Tansania übersiedeln, waren die total angetan davon. Der Nachrichtenchef meinte, sie hätten einen Angestellten in Dar es Salaam, der aber nie in seinem Appartement wäre, weil er immer irgendwo in Afrika irgendwelchen Geschichten hinterher reisen würde. Ich könnte von dem Appartement aus weiter für sie arbeiten. So hatte ich direkt von Anfang an zwei Jobs die sich gut ergänzen ließen und ein hohes Einkommen.

Ich plante meine Abreise so, dass ich noch einen Monat zusammen mit meinen Eltern in Seaford sein konnte und reiste dann mit dem Schiff „Braemar Castle" von London aus via Gibraltar, Genua und dem Suez Kanal nach Ost-Afrika. Schöne Erinnerungen aus meiner Armee-Zeit in Ägypten tauchten wieder vor meinem geistigen Auge auf. Es war eine tolle Reise. Ich hatte viele Schiffsfreundschaften und besonders gut gefiel es mir, wie wir Männer uns beim obligatorischen Ball zur Äquator-Überquerung in Frauenkleider zwängten und total betrunken waren und uns gegenseitig albern mit Zungenküssen ärgerten. Ich lache heute noch, als ich am nächsten Morgen nackt und mit schwerem Kopf in meiner Kabine aufwachte und neben mir eine „Dame" mit dem Namen Richard lag. Tja, Männer und Alkohol eben. Richards Ehefrau fand das wohl nicht so lustig. Sie würdigte mich bis zur Ankunft in Mombasa keines Blickes mehr! An Mombasa hatte ich schöne Erinnerungen, weil ich dort seinerzeit an der neu gegründeten „Mombasa Times" mitgearbeitet hatte. Ich stand bei strahlendem Sonnenschein an Deck, als wir Fort Jesus und den Likoni Kanal passierten, der nach Kilindi, dem großen Tiefwasserhafen von Mombasa, hineinführte. Dieser natürliche Tiefwasser-Hafen machte Mombasa zu so einem wichtigen Hafen. Klar, heute kann man Tiefwasserhäfen einfach irgendwo mit Maschinen ausbauen (wie z.B.

in Dschibuti), aber in den 1960er Jahren war das noch nicht üblich bzw. machbar. Sehr viele Passagiere gingen in Mombasa von Bord. Die meisten arbeiteten in Nairobi oder waren Farmer aus dem Hinterland bzw. aus Uganda.

Als wir in den Hafen einfuhren, warteten ihre Freunde am Aussichtspunkt über dem Kanal und begrüßten das Schiff mit einem ohrenbetäubenden Hubkonzert. Es war für viele ein glückliches Nachhause-Kommen, so auch für mich. Ich stieg aber nicht in Mombasa aus, sondern fuhr weiter via Tanga und Zanzibar in Richtung Dar es Salaam. Durch einen seltsamen Zufall bestieg das Ehepaar Niemeyer das Schiff in Mombasa auf ihrem Rückweg nach England, wo sie ihren Ruhestand verbringen wollten. Ich hatte den Niemeyers bei meiner Abreise aus Nairobi meine Katze „Toffee" anvertraut, weil ich sie damals nicht mitnehmen konnte. Die Niemeyers versicherten mir, Toffee sei gesund und munter und würde mir vom Zoll nachgesendet werden, sobald ich in Dar es Salaam einen festen Wohnsitz hätte. Kurze Zeit später nahm ich Toffee in einer Box am Flughafen in Tansania in Empfang und als ich die Kiste öffnete, fauchte mich Toffee ziemlich giftig an. Das war wohl eine gerechtfertigte Reaktion, denn ich hatte die Katze schließlich über ein Jahr lang alleine gelassen. Zur Strafe lebte sie dann noch acht weitere Jahre und begann mich zu tyrannisieren. Meine Ankunft in Dar es Salaam lief relativ entspannt ab. Als ich am Zollamt mit vielen Koffern alleine in der Schlange stand, winkte mich ein großer, gut aussehender Sikh mit weißem Turban und Shorts vorbei an den Familien und Ehepaaren so einfach durch. Ich dachte, er würde das tun, weil er mich attraktiv finden würde, aber er lachte nur und sagte „Willkommen zurück!". Da fiel es mir wieder ein: Acht Jahre zuvor hatte ich in Mombasa ein Zweiwochenblatt für die Sikh Gemeinschaft publiziert und er war der junge Kerl, der mir seinerzeit die Storys zulieferte. Das muss so um das Jahr 1956 gewesen sein. Ich erinnere mich, wie er damals für mich eine Abschiedsparty organisiert hatte, bei der der Alkohol in Strömen geflossen war. Obwohl ich zu der Zeit eigentlich gar keine Spirituosen mochte, füllten er und seine Freunde mich ordentlich mit Johnnie Walker ab. Tja, seit dieser Party war ich ein moderater Whiskey Trinker geworden.

In Dar es Salaam dachte ich vermehrt über meine persönliche Situation nach. Ich war 37 Jahre alt, in meinen Augen ein sehr guter Zeitungsmann, meine Eltern lebten ganz weit weg in Sussex und mein zukünftiges Zuhause, Moyenne, befand sich 1000 Meilen entfernt im Ozean. Mir wurde klar, dass ich noch viel zu jung war, um meine Karriere zu beenden und mich auf den Seychellen zur Ruhe zu setzen. Ich brauchte unbedingt noch Geld, um mir auf Moyenne ein Haus zu bauen, ein Wasserreservoir, eine Mole und auch Wege anzulegen und den Busch durch wertvolle Bäume zu ersetzen. Einen genauen Zeitplan hatte ich nicht. Die Arbeit machte großen Spaß und zu meiner echten Freude stellte ich fest, dass die Leute in Tansania noch freundlicher und umgänglicher waren, als in Kenia. Die Kenianer sind mehr die Kopfmenschen, die Tansanier dagegen mehr die Herzmenschen. Weil die Firmen in Afrika damals noch viele Europäer beschäftigten, die es aber nicht allzu lange in Afrika aushielten, gab es auf vielen Stellen einen raschen Wechsel. So wurde ich schnell befördert, vom kleinen Redakteur zum Direktor beider Zeitungen. Nebenbei machte ich auch noch den Job bei Reuters. Ich wollte Geld verdienen, Geld verdienen und Geld verdienen, um mich irgendwann beruhigt auf Moyenne niederlassen zu können. Beide Zeitungen hatten zusammen ungefähr 300 Mitarbeiter, ein guter Teil davon waren Afrikaner und Asiaten. Letztere arbeiteten vorwiegend in der

Druckerei, während die Europäer in der Redaktion zunächst überrepräsentiert waren. Aber das sollte sich in den nächsten sieben Jahren unter den politischen Vorgaben ändern. Am Schluss gab es nur noch drei Expats (von denen einer ich selbst war) und die Zeitung wurde von innerhalb der Firma ausgebildeten, hoch motivierten, jungen Tansaniern produziert. Im Jahr bevor ich die Zeitung endgültig verließ fragte ich Tansanias Präsident Nyerere bei einem Treffen im Präsidentenpalast, ob er irgendetwas an der aktuellen Morgenausgabe vom „The Standard" bemerkt hätte. Wir tranken Kaffee, aßen Gebäck und der Wind vom Indischen Ozean wehte erfrischend zu uns herüber. Er meinte: „Nein!". Ich erwiderte, dass es exakt so sein sollte. Diese Ausgabe war redaktionell komplett von Einheimischen erstellt worden, ich selbst hatte nur noch oberflächlich kontrolliert. Er war darüber hocherfreut und ich wusste innerlich, dass er den „The Standard" nicht antasten würde, obwohl seine Tanu Partei fast schon täglich unsere Schließung oder Verstaatlichung forderte. Irgendwann musste ich dann doch unfreiwillig bei der Zeitung meinen Hut nehmen, aber aufgrund meiner Kontakte konnte ich zunächst als PR-Berater der Regierung weiter arbeiten. In Dar es Salaam gab es ungefähr fünfzig Botschaften, was für mich den Besuch von durchschnittlich zwei Cocktail Partys und einem Dinner pro Tag bedeutete. Nur am Sonntag hatte ich Freizeit und traf mich immer mit meinem damaligen griechischen Freund Dimmy. Der Sonntag war heilig und für unsere Beziehung reserviert.

Es war alles in allem doch ziemlich anstrengend und ermüdend. Ein Beispiel: Cocktails in der Botschaft der Vereinigten Arabischen Emirate im Frack, dann schnell nach Hause umziehen, um in Jeans und Shirt am Barbecue des US-Gesandten (6 Meilen die Küste herauf am Strand) teilzunehmen und zum Schluss noch um 21 Uhr

Abendessen beim Deutschen Botschafter und seiner Frau, wo man erwartete, dass ich ordentlich zulangte. Jeden Tag Kaffee und Cognac und nie vor Mitternacht ins Bett. Also ich denke, ich habe von solchen Partys genug für den Rest meines Lebens. Kein Wunder, dass ich seit ich wirklich auf den Seychellen lebe, auch bei keiner mehr zu Gast war. Ich hatte die Schnauze voll davon! Das wäre ohnehin nicht gegangen. Zum Yachtclub zu fahren und mitten in der Nacht bei rauer See zurück nach Moyenne wäre zu gefährlich gewesen. Was nicht geht, geht eben nicht. Geschäftlichen Mittagessen am Tage, während der Arbeitszeit, waren schon eher mein Ding. Gerne traf ich mich mit der Countess of Huntington, besser bekannt unter ihrem Autoren-Pseudonym Margaret Lane, wenn sie mal wieder in Tansania war. Sie besuchte hier Ionides, den international bekannten „Schlangen-Mann" in seiner Hütte, in der er mit zahlreichen Schlangen lebte. Während ich dieses Kapitel schreibe (es ist 1994), höre ich aber auch schon von ihrem Tod, was mich gerade ziemlich traurig macht. Immerhin ist sie uralt geworden. Ja, ja, die guten Zeiten kommen nicht zurück. Wenn ich mich so erinnere, fällt mir ein, das Dar es Saalam damals eine Brutstätte für politische Verschwörungen war und viele Politiker dort im Exil lebten. Zwei dieser Typen sind mir noch besonders im Gedächtnis: Der eine war Sam Nujoma, dessen Artikel bezüglich Süd-West-Afrika ich im „The Standard" regelmäßig veröffentlichte und der heute der Präsident von Namibia ist. Ich denke mal, er hat diesen Erfolg völlig verdient. Der andere war Eduardo Mondlane, der Führer der Rebellenorganisation Frelimo in Mozambique, der sich durch Jogging und regelmäßiges Schwimmen in der Austern Bucht fit hielt. Er besaß einen tollen Humor und lachte immer, wenn ich unter ihm tauchte und ein portugiesisches U-Boot spielte...bang bang. Eduardo liebte auch Bücher und es war an einem sonnigen Morgen, als er in seiner kleinen Hütte am Strand ein Paket öffnete und in Stücke gerissen wurde, weil darin eine Briefbombe versteckt gewesen war. Ich verlor damals einen guten Freund und Mozambique einen Mann, der einmal ein sehr guter Präsident hätte werden können. Ich ärgerte mich während meiner Zeit als Herausgeber über viele britische Diplomaten, die von mir verlangten auf Londoner Linie zu bleiben, nur weil ich einen britischen Pass besaß. Zum Glück hatte ich meinen eigenen Kopf. So kam es, dass die Diplomaten das Land verlassen mussten und ich bleiben durfte, als Präsident Nyerere die Beziehungen zu Großbritannien im Streit über die Behandlung von Rhodesien abbrach.

Ich erinnere mich auch noch gut an eine Gartenparty im Präsidentenpalast mit Bobby Kennedy, kurz vor seiner Ermordung. Die Band spielte, in den Bäumen hingen Lichterketten und er und Nyerere kamen Arm in Arm die Treppe herunter, versprühten beide ihr magisches Charisma und luden die Atmosphäre der Feier fast schon elektrisch auf. Es war ein magischer Abend. Kaiser Haile Selassie war auch so jemand, der große Emotionen in den Leuten wecken konnte. Als ich mal vor vielen Jahren in Äthiopien eine Reise machte, meinte er zu mir, ich wäre jederzeit in Äthiopien gerne willkommen. Am Ende der Audienz legte er die Hand auf meine Schulter und fragte mich, wie alt ich denn wäre. Als ich ihm „Siebenundzwanzig" antwortete, lächelte er. Ich fragte ihn, ob er auch gerne wieder so jung sein möchte. „Ja unbedingt, sehr gerne!" grinste er vielsagend. Von der Glaubensrichtung der Rastafari wurde er als wiedergekehrter Messias verehrt. Er war also eine Art Gott und ich musste beim Verlassen der Audienz rückwärts und mit gesenktem Kopf gebeugt einen langen Flur durchschreiten und die Türe treffen, die nicht zentriert in der Wand lag. Er hatte es bestimmt nicht verdient, mit einem Kopfkissen erstickt und unter einem Klo eingemauert zu werden. So passierte es später beim Putsch in Äthiopien.

Abbildung 05: Agaven an Moyennes Südspitze

Abserviert

Meine haarsträubendste Erfahrung, mal abgesehen von einer Reise in einem Flugzeug in dem eine Bombe vermutet wurde, war die Zeit des Armee Putsches in Dar es Salaam im Januar 1964. Mitten in der Nacht erhielt ich einen Anruf, dass in der Stadt bereits Schießereien und Vergewaltigungen stattfinden würden und eine Meuterei im Gange sei. Das war ziemlich genau eine Woche nach der Revolution in

Zanzibar. Ich versuchte, bei Nacht und Nebel ins Büro zu kommen, doch schon 500 Meter von zu Hause stand ich vor dem ersten Posten mit Maschinengewehr. Den konnte ich noch mit gutem Zureden davon überzeugen, mich durch zu lassen. Aber vor dem Polizei Hauptquartier im Zentrum der Stadt war dann Schluss. Zwei Soldaten mit Revolvern hielten mich auf und drückten mir den kalten Stahl auf die Brust. Sie schwitzten und schienen nervös zu sein, was mich wiederum total nervös machte. Das Gefühl, den Lauf einer Pistole auf sich zu spüren, war höchst beängstigend. Die Beiden forderten mich auf, sofort umzukehren und ich wendete, so schnell ich nur konnte. Aber in solchen Situationen ist man oft auch wagemutig und als ich eine Einbahnstraße sah, in der keine Wachposten standen, fuhr ich entgegen der freigegebenen Richtung mit einem Affenzahn hindurch und gelangte dann doch noch ungesehen auf den Parkplatz des Verlagsgebäudes. Die Meuterer übernahmen die Kontrolle der Radio-Station sowie des Telegrafen- und Telefon-Amtes, aber hatten offenbar keine Ahnung davon, dass ich bei der Zeitung noch über einen unabhängigen Fernschreiber zu unseren Außenstellen nach Nairobi, Mombasa und Kampala verfügte. So konnte ich der Welt da draußen mitteilen, dass es in Tansania einen Putsch gab. Als der Morgen heran brach und die Bürozeit angefangen hatte, trudelten nur wenige Angestellte in der Redaktion ein. Darunter war auch mein Kollege David Martin, der Ansprechpartner für die BBC bei uns war. Soldaten tauchten nicht im Verlagsgebäude auf. Es ging inzwischen das Gerücht, dass sie wieder in ihre Kasernen zurückkehren würden. David und ich, unbedarft wie wir waren, wollten herausfinden was an der Sache dran ist. Wir fuhren mit Davids Volkswagen in das Stadtzentrum und sahen, dass die meisten Kontrollposten verlassen oder geräumt worden waren. Aber vor dem Polizeihauptquartier stoppten uns plötzlich zwei Soldaten, hielten uns ihre Knarren an die

Schläfen und zwangen uns, sie zu den Colito Kasernen im Norden der Stadt zu fahren. Sie schrien: „Schneller, schneller!" und einer schoss zur Einschüchterung ein Loch durch die Windschutzscheibe.

So rasten wir mit dem kleinen Auto durch die Stadt, überfuhren alle roten Ampeln, hatten einige Beinahe-Crashs mit anderen Verkehrsteilnehmern und kamen schließlich doch noch unversehrt am Haupttor der Militäreinrichtung an. Dort standen bereits fünfzig Soldaten und diskutierten heftig. Ich hatte Angst, dass sie uns schlagen werden, aber einer meiner Entführer meinte, wir könnten nun wieder nach Hause fahren. Ich atmete auf! Wie ich aus den Gesprächen der beiden Meuterer mitbekommen hatte, gab es gar keine politischen Ziele. Bei der Meuterei ging es ausschließlich um die Bezahlung. Die Soldaten verdienten offenbar weniger als einfaches Hauspersonal. Außerdem wollten die schwarzen Mannschaftsränge nicht weiter von weißen, britischen Offizieren kommandiert werden, sondern forderten einheimische Befehlshaber. Zurück in der Redaktion verbreiteten wir unser Wissen in der Welt und tatsächlich standen mein und Davids Name dann als Quellenangaben vieler Artikel auf den Titelseiten von berühmten Zeitungen rund um den Globus. Natürlich konnte die Regierung es nicht zulassen, dass Aufständische das öffentliche Leben in der Hauptstadt zum Erliegen brachten. So landeten einige Tage später britische Truppen in Tansania und bereiteten dem Spuk ein Ende. Die Soldaten in den Hauptstadt-Kasernen wurden gefangen genommen und im Rest des Landes ergaben sie sich friedlich, zumal ihre Forderungen nach besserer Bezahlung und schwarzen Offizieren erfüllt wurden. Zur Strafe kamen nigerianische Truppen ins Land, die den tansanischen Soldaten einen ordentlichen Drill verpassten. Ein Freund von mir, Alex Nyirenda, hatte das Pech ein Offizier zu sein. Ihn entließ die Armee nach der Meuterei. Er und seine Frau Hilda mussten daraufhin das Land verlassen, wurden aber erfolgreiche Geschäftsleute in Sambia. Trotzdem war das ein Beispiel, wie schnell sich der Wind in Afrika in jenen Tagen drehen konnte. 1961 zur Unabhängigkeit Tansanias war es der junge Soldat Alex, der die neue Landesfahne auf dem Gipfel des Mount Kilimandscharo hisste und 4 Jahre später zwang man ihn aus dem Lande. Mir dämmerte, dass auch meine Zeit in Schwarzafrika nicht mehr ewig währen würde.

Wenn ich so auf mein Leben zurückblicke, fällt mir auf, wie wenig Zeit ich für persönliche Dinge hatte. Mit der Arbeit für zwei Zeitschriften und Reuters noch dazu sowie meiner Präsidentschaft vom Rotary Club rieb ich mich förmlich auf. Ich hatte nur 6 Stunden Schlaf pro Nacht. Mein Freund Dimmy trennte sich nach einem Jahr von mir, weil ich selbst am Wochenende so kaputt war, dass ich zu nichts Lust hatte, ging zurück nach Athen und ich hörte nie wieder was von ihm. Zum Glück hatte ich als Europäer gar keinen Mangel an einheimischen jungen Verehrern. Ich ließ also nichts anbrennen, sodass es in Wirklichkeit nur 5 Stunden Schlaf pro Tag waren. Na, was soll ich mich beklagen? Nach allgemeinen Maßstäben war es ein erfülltes und ein gutes Leben. Es gab viel Spaß, Abenteuer, Gefahr und auch ein bisschen Macht. Was will man mehr? Als man mich als Herausgeber aus politischen Gründen absetzte (Engländer auf Chefposten waren nicht mehr opportun), zog ich vom Dienst-Appartement ins Hotel „New Afrika" ins Zentrum von Dar es Salaam. Natürlich war es schwer für mich die Zeitung und das Personal zurück zu lassen. Ich hatte die meisten ja schließlich selbst ausgebildet. Aber die Angestellten der Zeitung waren doch froh, dass der Staat die Kontrolle in ihrem Unternehmen übernommen hatte. Das gab ihnen ein besseres Gefühl. Die Kolonialzeit ging so langsam zu Ende und

Weiße waren in der Zeitung nicht mehr erwünscht. Als ich an meinem letzten Arbeitstag nach der Verabschiedung draußen auf dem Parkplatz stand, bemerkte ich, dass ich den Autoschlüssel auf meinem Schreibtisch hatte liegen lassen. Ins Gebäude ließen mich die Pförtner nicht mehr. Also kletterte ich an einer Regenrinne hoch zum Büro meiner Ex-Sekretärin Yasmin, die mir den Schlüssel durch das Fenster reichte und laut und albern lachte: „Sie arbeiten hier nicht mehr... hi hi hi!" Aber sie meinte es überhaupt nicht böse, denn sie war eine tolle Sekretärin und ein ziemlich junges Ding. An ihrem 21. Geburtstag flog sie nach Washington, um eine Stelle bei der Welt Bank anzunehmen. Später dann heiratete sie einen Diplomaten der Vereinten Nationen. Glück für die Eine, Pech für den Anderen. Ich war jedenfalls abserviert. Beruflich und privat!

Es gibt übrigens noch eine andere Geschichte über Yasmin zu erzählen: Einmal war ich in ihrem Büro, als dort ein Fahrer aus dem Präsidentenpalast in seiner weißen Uniform mit einer großen, reifen Ananas auftauchte. Ich sagte: „Hätte ich nicht erwartet, dass mir der Präsident eine Ananas schickt!" Ich war total pikiert, als der Fahrer Yasmin die Frucht mit dem Kommentar übergab: „Von Ihrem Vater!" Darauf fragte ich Yasmin verwundert: „Welches Hohe Tier ist denn Ihr Vater?" Zu meiner Überraschung stellte sich heraus, dass ihre Mutter Thabit Kombo, die „graue Eminenz" von Zanzibar, geheiratet hat. Kombo war bei der Ermordung von Zanzibars Präsident Abeid Karume verwundet worden, hatte aber das Attentat überlebt. Zanzibar ist ohnehin ein Mysterium für mich. Alle meine Zeitungskollegen worden früher oder später inhaftiert oder deportiert. Insbesondere Mohamed Amin, dessen erste Fotografien ich veröffentlicht hatte und der der beste Fotograf ist, den ich kenne. Während seiner siebenundzwanzig tägigen Haft durch die Zanzibaris verlor er vierzehn

Kilo an Gewicht. Allerdings muss ich auch dazu sagen, dass ich mich bei Besuchen auf Zanzibar nie unsicher, bedroht oder unwohl gefühlt habe. Weder vor der blutigen Revolution, noch danach. Es gab aus Zanzibar viel interessantes zu berichten, zum Beispiel über die Einrichtung von Volksgerichten und Hinrichtungen, die den Wirren der Revolution folgten. Das die Situation für viele Leute damals „der Horror in Tüten" sein musste, ist unbestritten. Als ich einmal im Hafen von Dar es Salaam an Bord der Fähre „Karanja" schlief, die am nächsten Morgen nach Zanzibar auslaufen sollte, wurde ich geweckt und an Deck gerufen, wo mich mein junger zanzibarischer Reporter total nervös erwartete. Er erzählte mir, dass er vom Revolutionsgericht in Zanzibar eigentlich zum Tode durch den Strang verurteilt worden war, weil er angeblich schlecht über die Revolution berichtet hatte. Nur durch einen Zufall war das Todesurteil in eine Deportation aufs Festland umgewandelt worden, denn auf dem Friedhof war das Massengrab schon voll und der Bagger, der ein weiteres ausheben sollte, war kaputt gegangen. Da man aber die Techniker erschossen hatte, musste man die Delinquenten anders los werden, Der junge Mann bat mich inständig, meinen Vertreter in der Redaktion zu befehlen, ihn nicht nach Zanzibar zurück zu schicken, weil das seinen Tod bedeutet hätte. Ich bat den Kapitän der „Karajna" mir eine Stunde Zeit zu geben, so dass ich mit dem jungen Reporter in die Redaktion fahren und die Angelegenheit regeln konnte. Ich war nur einige Minuten vor der Abfahrt des Schiffes wieder an Bord. Das war knapp, aber ich hatte geholfen. Das war wichtiger!

Am Tag vor der Übernahme der Zeitungen durch die tansanische Regierung wurde ich in den Präsidentenpalast beordert, wo mir Präsident Nyerere einen Brief aushändigte, den er gerade unterzeichnet hatte. Im Brief wurde ich gebeten, meine

Herausgebertätigkeit zu beenden und es wurde mir von der Regierung von Tansania für die Kooperation gedankt sowie alles Gute für die Zukunft gewünscht. Der Wechsel an der Spitze der Zeitung wäre keine Kritik an meiner Amtsführung, doch im nationalen Interesse. Dieser Brief und meine Antwort wurden drei Tage später, als der Wechsel vollzogen worden war, auf der Titelseite vom „The Standard" veröffentlicht. Später wurde die Zeitung mehrfach umbenannt und heißt heute schlicht und einfach „Daily News". Präsident Nyerere sicherte mir und dem Volk von Tansania zu, dass die Redaktion trotz der Verstaatlichung unabhängig bleibe, weil die Basis einer Zeitung nur das Vertrauen der Leser sein kann. Ob die Wahrheit über die berichtet wird gut oder schlecht für die Regierung sei, sie dürfe nicht verfälscht werden, denn sonst würden die Leser sie nicht lesen und man bräuchte sie nicht. Diese Erklärung wurde in der Welt und in Zeitungskreisen rund um den Globus mit sehr viel Wohlwollen und Aufmerksamkeit zur Kenntnis genommen.

Natürlich hatte ich geahnt, dass es so kommen würde. Der Präsident meinte, er würde sich nicht wünschen, dass ich Tansania verließe. Deshalb hätte er einen gut bezahlten Job für mich. Ich sollte als PR-Berater der Regierung arbeiten und ein Team mit einheimischen PR-Nachwuchskräften zusammenstellen und entwickeln. Da musste ich innerlich lachen, denn ich hasste solche Werbefritzen. Ich überlegte kurz und sagte trotzdem zu. Zwar interessierte mich diese Tätigkeit nicht wirklich, aber ich war einfach noch nicht bereit für die Seychellen. Mit Anfang vierzig konnte und wollte ich mich noch nicht zur Ruhe setzen. Außerdem musste ich noch etwas Geld verdienen für den Ruhestand und was ebenso wichtig war: Ich musste bzw. wollte mir als Junggeselle noch weiterhin ordentlich die Hörner abstoßen. Es gab so viele Gelegenheiten in Dar es Salaam, die es auf

Moyenne natürlich durch die geographische Isolation nicht geben würde. Ich konnte auf ein erfülltes und abwechslungsreiches Sexualleben nicht verzichten. Jetzt noch nicht, jedenfalls. Also Geld und Sex, die beiden stärksten Triebkräfte überhaupt, hielten mich weiterhin in Afrika bei den „schwarzen Schwänzen", wie Dimmy die Einheimischen immer abfällig bezeichnet hatte. Überhaupt Dimmy: Er hieß eigentlich Dimitrios und entstammte einer gut situierten Athener Arzt-Familie. Er hatte an der Universität in Heraklion Geographie studiert und als er zum Militärdienst sollte, sich unter einem Vorwand einer wissenschaftlichen Expedition nach Tansania abgesetzt, wo ich ihn in einer Bar kennen lernte. Nun, er war fünfzehn Jahre jünger als ich und offenbar noch nicht erwachsen und verantwortungsbewusst. Mir warf er immer vor, Kontakte zu einheimischen jungen Männern zu suchen, was ich zugegeben dann und wann auch tat. Aber Dimmy war letztlich aufgrund seiner Ausschweifungen, auf die ich hier nicht näher eingehen möchte, in Dar es Salaam stadtbekannt geworden und hatte wohl den Zorn religiöser Gruppen auf sich gezogen. In Ostafrika kursieren „Listen", auf denen man besser nicht drauf steht. Er flüchtete zurück nach Griechenland, wo er für immer in der Versenkung verschwand.

Abbildung 06: Im „Inselmuseum" auf Moyenne

Ein neuer Job

Präsident Nyerere schickte mich nach der Annahme des Jobangebotes erst einmal für eine Woche in den Urlaub. So fuhr ich in ein tolles Hotel nach Lushoto, wo ich mich von den Anstrengungen der letzten Zeit, d.h. der Verstaatlichung der Zeitung und der Verlust meiner Stelle, erholen und zur Ruhe kommen konnte. Zurück in Dar es Salaam musste ich mich im Gebäude der Nationalen Entwicklungsbehörde melden, wo man mir ein Büro zuteilte, das vier Mal größer war als beim „The Standard". Meinen Dienstwagen von der Zeitung, einen Peugeot 404, hatte ich dem nationalen

Fahrzeugpool zur Verfügung zu stellen. Bei der Schlüsselübergabe war ich mies gelaunt, denn ich sah schon meine Freiheit flöten gehen. Ich malte mir aus, wie ich künftig jede Dienstfahrt vorher beantragen und genehmigen lassen müsste. Aber der Herr vom Fahrzeugpool drückte mir die neuen Autoschlüssel in die Hand und meinte nur: „Hier sind die Schlüssel für Ihr neues Auto, das steht da drüben!" Was mich erwartete war ein brandneuer Peugeot 404, den ich für private als auch dienstliche Fahrten ungefragt nutzen durfte, bis ich Tansania dreieinhalb Jahre später verließ. Warum war Präsident Nyerere nur so großzügig zu mir. Vermutlich, weil ich ohne Murren meinen alten Job abgegeben und ohne zu Zögern die neue Stellung angetreten hatte. Das gefiel ihm wohl und war ihm anscheinend eine Belohnung wert. Heute nennt man das „Vetternwirtschaft" bzw. „Korruption", aber damals war eben eine ganz andere Zeit. Man kann sich vorstellen, dass man mir in meiner Zeit als PR-Berater der Regierung zahlreiche Gefälligkeiten erwies. Mein Konto bei der Barclays Bank in London, welches ich in Britischen Pfund hielt, wuchs in dieser Zeit enorm an, was mir schlussendlich die finanzielle Basis für meine Existenz auf Moyenne sicherte. Denn Aussteigen geht realistisch betrachtet ohne Geld nicht! Zwar kann man bescheiden leben, aber ohne gesicherten regelmäßigen Liquiditätszufluss ist ein Leben im Ausland ohne familiäre Unterstützung nicht realisierbar.

Mal abgesehen vom Training junger Tansanier für den PR-Job musste ich mich um die PR von 50 Unternehmen mit einem Wert von mehr als 50 Millionen Britischen Pfund kümmern, darunter vier Textil-Firmen, eine Brauerei, eine Tabak-Fabrik sowie andere Investments im Bereich Stahl, Düngemittel, Kunststoffverarbeitung und Medien. Reden für Kongresse mussten geschrieben, Artikel für Zeitungen formuliert und Konferenzen sowie Handelsmessen organisiert werden. Es gab keine ruhige Minute. Wir waren extrem erfolgreich und kreierten den Slogan „Sema Tema!" (auf deutsch: „Mach es einfach!") für die Nationale Entwicklungsbehörde. Dieser Slogan wurde extrem populär in Tansania und Ostafrika.

Die Tatsache, dass ich als Herausgeber abgelöst wurde und nur eine Woche später für die Regierung arbeitete, verwirrte die Diplomaten. Ich wurde zwar noch eingeladen, aber ich sah bei den Empfängen in die skeptischen Gesichter, denn sie wussten nicht, was dies zu bedeuten hatte. War ich in Ungnade gefallen oder nicht? Schadete eine Einladung meiner Person politisch? Unerwarteterweise klärte Präsident Nyerere die Situation auf, als er in Moshi eine Gerberei eröffnete. Hier standen alle versammelt und warteten. Das diplomatische Corps, die Journalisten und ich. Da kam Mwalimu Nyerere rein, ging direkt auf mich zu und sagte freudig: „Guten Tag Brendon, da bist Du ja, willkommen, willkommen. Du bist ja nun von einem kleinen Job in einen viel größeren gewechselt...". Dabei grinste er und schüttelte ausgiebig meine Hand. Danach rief er den Kellner herbei und wir tranken zusammen eine Cola. Allen Umstehenden war danach klar: Ich bin eine persona grata! An dem neuen Job gefielen mir am meisten die dienstlichen Autofahrten von Dar es Salaam nach Nairobi, um in der kenianischen Hauptstadt Geschäfte für Tansania einzufädeln. Hier kam ich regelmäßig am Kilimandscharo vorbei, den ich 1956 im Alter von 31 Jahren selbst bestiegen hatte. Es war immer eine sehr interessante zwölfstündige Tour mit zwei Tankstopps. Die einzige Gefahr bestand darin, dass irgendwelches Viehzeug aus dem Busch unerwartet auf die Fahrbahn lief. Immer wieder gaben mir einheimische Trucker-Fahrer gutgemeinte Hinweise und Tipps, welche Bordelle am Rand der Straße gut und günstig seien, jedoch interessierten mich die Nutten in Kenia null. Einige der Trucker dafür umso mehr. Manche erwiderten einen Flirt. Die Geschichten, die mich wirklich am meisten ekelten, waren die über die „Affen-Bordelle". Hier wurden Menschenaffen aus Uganda als Prostituierte für billigen Sex mit Fernfahrern und Feldarbeitern missbraucht. Hätte ich so ein Bordell nicht selbst gesehen und das was dort geschah, hätte ich es wohl als Ammenmärchen abgetan. Doch die Not der einsamen Arbeiter ist so groß und die Armut dermaßen gigantisch, dass es hierfür damals in Ostafrika einen Markt gab. Natürlich totgeschwiegen von der Regierung und stillschweigend akzeptiert. Von diesen Affen-Bordellen und den Garküchen, in denen Affenfleisch zum Verzehr angeboten wurde, hatte sich, wie man später erfuhr, vermutlich das HIV Virus ausgebreitet. Aber damals, in den 1960er und 70er Jahren, war das alles noch kein Thema. Rauchen, Trinken und Herumhuren gehörte zum Lebensgefühl in dieser Epoche, bei Schwarzen wie Weißen! Heute ist das alles anders.

Mein anfänglicher Zweijahresvertrag wurde anstandslos verlängert. Niemand wollte, dass ich das Land verlasse. Aber irgendwann wurde mir glücklicherweise von selber klar, dass meine Arbeit vollendet und die Zeit zum gehen gekommen war. Bei einem Bier im Strandhaus von George Kahama, dem Generaldirektor der Nationalen Entwicklungsbehörde, kamen wir darüber ein, dass ich Tansania Mitte 1973 Good Bye sagen würde. Die erste Juli Woche ist in Tansania voll mit Veranstaltungen und Feiern, wie die Internationale Messe „Saba Saba", also „Sieben Sieben", die an den siebten Tag im siebten Monat erinnern soll (an dem Tag wurde Mwalimu Nyereres Partei gegründet). Daran hatte ich bei meiner Vertragsauflösung gar nicht gedacht. Ich arbeitete aber noch unentgeltlich über den 30. Juni 1973 hinaus, um mein Team nicht alleine zu lassen. Als alles vorbei war, hatte ich mein Schiff auf die Seychellen verpasst. Nun ja, so machte ich eben noch Zwangs-Urlaub in Mombasa. Hier herrscht immer sündiges Treiben und ich stürzte mich mitten rein, lernte nette Begleiter auf der Dingo Road in Mombasa und am Kwale Strand südlich der Stadt kennen.

Übrigens fällt mir zu George Kahama, der heute Minister ist, noch folgende Geschichte ein: Ich war einmal bei einem Empfang in der französischen Botschaft und rauchte eine Zigarre, als ich eine kräftige Stimme vernahm: „Sie rauchen eine Havanna, oder?" Es war der kubanische Botschafter, ein stattlicher und wichtig aussehender Mann, der mich das fragte. Sein Spitzname war „Zorilla". Ich antwortete : „Ja klar, es ist eine Monte Christo. Aber sagen Sie Herr Botschafter, warum muss ich diese kleinen kubanischen Meisterwerke im kapitalistischen Kenia kaufen und kann sie nicht im sozialistischen Tansania erwerben. Das leuchtet mir nicht ein. „Eine gute Frage!", antwortete er lachend und zeigte auf George Kahama: „Er ist schuld!" Da George mein Boss war, hatte ich nun in ein Fettnäpfchen getreten, Zorilla stellte George wegen dem Mangel an Havannas in Tansania zur Rede, ich wäre am liebsten im Erdboden versunken. George meinte nur lapidar, das wäre der Fehler der British American Tobacco Company. „Und wer ist der Vorsitzende dieses Vereins?", fragte Zorilla. George musste daraufhin zugeben: „Ich!". Nachdem uns mein Chef verlassen hatte, lud Zorilla mich für den nächsten Tag um zehn Uhr auf einen Sherry in sein Büro ein. Natürlich nahm ich Zorillas Einladung an und siehe da: Ich bekam bei dem Treffen nicht nur sehr guten Sherry, sondern auch noch eine Schachtel voll mit Havannas. Wir trafen uns noch auf vielen Cocktail Partys, denen viele Einladungen zum Sherry und massenweise Havannas folgten. Kurz bevor ich Tansania verließ, erfolgte die letzte

Einladung zum Sherry und dieses mal konnte ich eine ganze Kiste voll kubanischer Premium-Zigarren abstauben. Die versorgten mich über ein Jahr. Ich denke immer wieder gerne an diesen Sherry trinkenden, höchst spendablen Zigarren-Fan zurück, der sein Leben leider bei einem Hai-Angriff vor La Reunion im Indischen Ozean verlor.

Ich versuchte meine Freunde vergeblich davon zu überzeugen, mir keine Abschiedsgeschenke zu überreichen. Ich wollte das Land nach zehn Jahren nur mit zwei Koffern und einer Aktentasche verlassen. Aber meine „Jungs" bzw. „Kumpels" bzw. ehrlicher gesagt „Liebhaber" schenkten mir eine zwölf Kilo schwere Elfenbeinschnitzerei eines afrikanischen Fruchtbarkeits-Fetisches mit einem riesigen Phallus zum Abschied. Der sollte mich gegen böse Geister auf den Seychellen bewahren und mir dort willige Partner zuführen. Am Flughafen grinste das Personal ziemlich blöde, als ich mit der Figur, die ich inzwischen „Charlie" getauft hatte, aufkreuzte. Ich hätte das Teil besser in einem Karton verpackt, doch ich kam mit dem Ding gerade von der Abschiedsfeier und war noch ziemlich angeschwippst. Mir war deshalb in dem Moment nichts peinlich. Rückblickend schäme ich mich heute sehr. Da der Morgenflug nach Mombasa leer war, durfte Charlie auf dem Platz neben mir sitzen. Der Chef-Steward hatte es mir erlaubt. Erst beim Aussteigen erinnerte ich mich plötzlich, denn er kam mir so bekannt vor: Mit dem hatte ich mal was in London beim Cruising auf dem West Bromton Friedhof nachts gehabt und war anschließend bei ihm zu Hause gewesen. Er grinste die ganze Zeit so blöde und tuschelte mit seinen Kolleginnen. Sei es drum. Der Abschied aus Tansania war freundlich und schloss ein freundliches Jahrzehnt in einem freundlichen Land voller freundlichen Begegnungen und Ereignissen ab. Erinnerungen an Tansania wären nicht komplett, wenn ich nicht noch einige Worte zu

Präsident Mwalimu Nyerere verlieren würde und einige Anekdoten erzähle, die möglicherweise noch nie berichtet wurden. Und diese Geschichten geben einen guten Eindruck über den Charakter eines Mannes, für den ich größten Respekt und Bewunderung empfinde. Aus heutiger Sicht kritisieren ihn viele für seine angeblich verfehlte Wirtschaftspolitik, aber er bemühte sich immerhin das Leben seines 13 Millionen-Volkes zu verbessern, das überwiegend aus ganz armen Menschen bestand. Er war ein Mann mit festen Prinzipien und ich glaube, er war der einzige Staatsmann Afrikas, der sein Amt ohne ein Schweizer Bankkonto verließ. Er stand immer fest hinter seinen Freunden und wurde oft auch ausgenutzt.

Die erste Geschichte fand zur Zeit der großen Verstaatlichungswelle statt, als ich noch nicht abgelöst war. Ich erhielt nachts einen Anruf und sollte zum Präsidentenpalast kommen. Mein Gegenspieler, der Chef der Partei-Zeitung und spätere Außenminister Ben Mkapa war ebenfalls einbestellt worden und traf zur selben Zeit ein. Ben wurde 1995 Präsident von Tansania, doch zu dieser Zeit nannte man uns nur „Ben und Bren, die newspaper men". Präsident Nyerere saß im Dunkeln auf der Veranda, das Gesicht in seinen Händen vergraben. Als er uns bemerkte, zog er den Getränkewagen zu sich und bot uns ein Bier an. Wie wir so beisammen saßen, bemerkten wir im Schatten eine Gruppe von Jugendlichen, die starr und stumm auf einer Bank saßen. Der Präsident zeigte auf die Jungs und fragte uns, was man mit ihnen machen sollte. Die Jugendlichen hatten nämlich einen ernsten diplomatischen Vorfall ausgelöst. Bei der Verstaatlichung einer holländischen Bank rissen sie das Porträt von Königin Juliana in der Schalterhalle herunter, ersetzten es durch Nyereres Bild und zündeten das Bild des holländischen Staatsoberhauptes bei einer Demonstration in den Straßen von Dar es Salaam an. Wir wussten, dass Prinz Bernhard, Julianas Mann, ein sehr guter Freund von Nyerere war und im Norden von Tansania eine Farm besaß. Folglich war der Präsident über die Aktion der Jugendlichen extrem verärgert und enttäuscht. Ich fragte ihn, wer hat denn alles Kenntnis von dem Vorfall erlangt. Er sagte, bisher wären nur Ben und ich informiert. Wir machten ihm den Vorschlag, über die Geschichte richtig, aber mit anderem Tonfall zu berichten. Anstatt „Die Jugend von Tansania verhöhnt die holländische Königin", machten wir die Story „Nyerere entschuldigt sich bei Juliana" daraus. So wurde der Skandal nicht verschwiegen, aber klein gehalten. Das zeigte, wie er die Probleme löste; anstatt die Jugendlichen zu bestrafen stellte er sich vor sie und nahm die Schuld auf sich. Er war ein sehr menschlicher Präsident.

Auch die zweite Anekdote unterstrich diese Seite des Präsidenten: Sie betrifft einen Mann namens George Rockey, mit dem ich 1956 bereits in Mombasa zusammen gearbeitet hatte und der später Pressesprecher von Nyerere wurde. Er war eine exzellente Spitzenkraft und arbeitete bis zum Umfallen. Leider rauchte er auch wie ein Schlot und bekam irgendwann Lungenkrebs. Kaum hatte Präsident Nyerere von Georges Krankheit gehört, kam er zu dem Schluss, dass Tansania einen Tourismus Direktor in London haben müsste und ernannte George dazu, So konnte George die medizinische Behandlung in London erhalten, die es in Dar es Salaam nicht gab und Tansania hatte einen wirklich tollen Tourismus-Manager in England. Das war wieder so ein gutes Beispiel dafür, wie Nyerere versuchte, im Rahmen seiner Möglichkeiten Menschen zu helfen. So, eigentlich soll dieses Buch thematisch mein Leben in Moyenne behandeln. Aber mein Leben in Eden ist eben nicht ohne meine zwanzig Jahre in Kenia und Tansania vorstellbar. Auch meine Staatsbürgerschaft der Seychellen verdanke ich meinen Kontakten aus der ostafrikanischen Zeit. Und natürlich das ganze Geld. Darum diese lange Vorgeschichte.

Rückkehr nach Eden

In den zehn Jahren, die ich in Tansania arbeitete, besuchte ich die Seychellen vier mal und verbrachte jeweils einige Tage auf Moyenne in dem alten Gartenhäuschen. Zwischenzeitlich gab es auch zwei neue Hütten, für den „Aufpasser" und seine Familie. Wenn man Eigentum auf den Seychellen besitzt und dort nicht lebt, ist es fast schon zwingend notwendig, einen „Aufpasser" zu engagieren, der sich um den Besitz kümmert, sonst würden Besucher alles mitnehmen, seien es Gebäudeteile, Früchte oder Holz. Mein Freund Raoul, der Rechtsanwalt, hatte einen Typen als Wächter engagiert, sobald ich von den Seychellen abgereist war, aber musste ihn wieder los werden, als der behauptete, die 22 seltenen Guinea-Schnepfen, die Raoul auf der Insel ausgesetzt hatte, wären alle gestorben. Raoul fand dann einen Fischer mit dem Namen Sasa (Francois) Lafortune für den Job. Sasa hatte eine Ehefrau, die ich immer respektvoll „Madame" nannte und sechs Kinder, drei Jungen und drei Mädchen. Die Kinder (in absteigender Ordnung) waren: Marie France, Frank, René, Paul, Marina und Eliana. Ich nenne sie hier ausdrücklich mit Namen, weil sie alle für mich in meinen frühen Tagen auf Moyenne irgendwie von Bedeutung waren. Als ich also das erste Mal wieder nach Moyenne zurück kehrte, stand da eine zurechtgemachte Familie im Sonntagsstaat und wartete auf mich. Die Mutter erwies sich als exzellente Köchin. Sie war aber auch ziemlich energisch und dominant. Das war leider notwendig, denn Sasa tendierte dazu, seinen Verdienst als Fischer zu vertrinken. Mehr als einmal kam er nur mit einem Laib trockenem Brot vom Einkaufen zurück und hatte das Geld in den Bars von Victoria gelassen. Dann fischte Madame selbst am Strand und schickte die jüngeren Kinder zum Klettern in die Mango-Bäume, damit es was zu essen gab. Sie selbst sammelte große Bündel an Holz, um den Ofen zu befeuern und konnte sehr gut nähen. Kein Wunder, dass die Seychellen eine matriarchale Gesellschaft sind. Der Alkohol ist ein riesiges Problem hier. Zum Glück wurden strikte Drogen-Kontrollen eingeführt, was den Teenagern definitiv hilft. Dreijährige Haftstrafen die dann auch tatsächlich für Alkoholkonsum unter 21 Jahren verhängt werden, sind eine gute Abschreckung. Aber weil Cannabis hier in dem feucht-heißen Klima so gut wächst, gab es ein weiteres Problem innerhalb der stark wachsenden Bevölkerung. All das und viel mehr lernte ich kennen, als ich fest auf Moyenne siedelte.

Als ich einmal in Victoria im Continental Hotel wohnte, direkt gegenüber der anglikanischen Kathedrale und dem Polizei-Hauptquartier, gab es in dem Hotel zwei größere Gesellschaftsräume, beide mit guter Aussicht auf die Bucht und Moyenne. Das Haus des Premier Ministers stand damals noch nicht und auf dem unbebauten Grundstück neben dem Hotel konnte man sehr gut parken. Der zweite Gesellschaftsraum wurde durch einen alten Mann belegt, der sich in der Bar vom Hotel fast ausschließlich von Alkoholika ernährte und den die Kellnern jeden Abend dorthin auf die Couch verfrachteteten, wo er laut schnarchte. Das Mittagessen wurde an einem endlos langen Tisch serviert, in einem Raum den man an den Wochenenden als Tanzsaal nutzte. Am Ende des Raums stand eine kleine Bühne, auf der die Band „Mickey und die Seeräuber" öfter für richtig gute Stimmung sorgte. Mickey Mancham, dessen älterer Bruder der erste Präsident der Seychellen nach der Unabhängigkeit wurde, war ein guter Freund von mir und er nahm meine konstruktive Kritik an seiner Musik immer gerne an. Noch heute besitze ich eine handsignierte Autogrammkarte der Gruppe mit Foto. Als ich nach einem längeren Aufenthalt in dem Hotel vor meiner Weiterreise nach Bombay mit der Karanja die Rechnung begleichen wollte, verlangte die Dame an der Rezeption von mir nur vier Pfund. Ich meinte zu ihr, dass hier wohl ein Missverständnis vorliegen würde, denn ich hätte ja immerhin etliche Nächte dort geschlafen und zahlreiche Mahlzeiten eingenommen. Da lachte die Rezeptionistin und sagte: „Mickey musste heute nach Praslin. Aber er sagte mir, ich solle von Ihnen nur vier Pfund kassieren. Nur die Zimmermiete von einem Tag. Ich soll Ihnen die allerbesten Grüße ausrichten!" Als ich später wieder zurück in Ost-Afrika war, veröffentlichte ich einen kurzen Zeitungsartikel über die Band. Sozusagen als kleines Dankeschön. Leider sah ich Mickey nie mehr lebend wieder. Er starb bei einem schrecklichen Motorrad-Unfall. So die offizielle Version. Was man mir jedoch hinter vorgehaltener Hand zu den wahren Todesumständen mitteilte, beunruhigte mich so sehr, dass ich kurzzeitig in Erwägung zog, meinen Seychellen-Traum zu begraben. Denn die Seychellen sind nicht das Paradies, für das es manche halten. Wie auch immer, ich blieb! Die Inseln hatten eine große Persönlichkeit verloren. Ein „Supertalent", dessen Songs wie etwa „Going back to the Seychelles" auch heute noch im Radio gespielt werden.

Einzug in Eden

Am 14. Juli 1973 sagte ich „Kwaheri" (Auf Wiedersehen!) zu Tansania und ließ ein freundliches Land mit gastfreundlichen Menschen und tollen Erinnerungen hinter mir. Und hätte es für mich das Schicksal

„Seychellen" nicht gegeben, wäre ich wohl niemals aus Tansania fort gegangen. Die meisten meiner Freunde erklärten mich für verrückt, auf eine winzige Insel mitten im Indischen Ozean übersiedeln zu wollen. Nun, sie waren in ihren Zwanzigern und Sex war für sie das Maß aller Dinge. Für mich mit 48 Jahren war es aber an der Zeit, mich aus der Promiskuität ein Stück weit zurück zu ziehen und solide zu werden. Andere Dinge haben Vorrang, wenn man älter wird. Der Körper wird genügsamer, der Geist bleibt aber wach. Und ich hatte auch beileibe nicht vor, auf Moyenne zum Mönch zu werden. Mein Plan war es, junge Backpacker dorthin zwecks gemeinsamer Unterhaltungen und mehr anzulocken. Um Geld zu sparen, reiste ich von Mombasa aus mit einem winzigen 500 Tonnen Frachtschiff in Richtung Seychellen. Das Schiff war so winzig, dass ich an der Hafenmole statt herauf herunter schauen musste. Aber ich hatte Gottvertrauen in diese Nussschale. Immerhin blieb dann auch die Rechnung für die Überfahrt winzig, nämlich nur 26 Pfund. Wie es der Zufall so wollte, teilte ich mir die Kabine mit einem ganz jungen Abiturienten, der auf Weltreise war. Tom Willing hieß er und lebt heute in Australien. Leider war er zu 100% auf eine junge Dame namens Yolanda in Chile konzentriert, seine damalige Freundin. Mit ihr hatte er zwei Monate in der Atacama-Wüste verbracht und getrocknete Indio-Mumien im Auftrag eines lokalen Museums ausgegraben.

Nun gut, da war nichts zu machen, aber der junge Mann blieb mit mir später dann einige Wochen auf Moyenne und unterstützte mich tatkräftig in der ersten, sehr hektischen und frustrierenden Phase. Wir fuhren aber nicht direkt nach Mahe, sondern stoppten vorher noch auf Aldabra, dem größten Korallen-Atoll der Welt und die Heimat von 160.000 Riesenschildkröten. Heute ist das Atoll gesperrt sowie unter strengen Naturschutz gestellt. Die Besatzung meines Schiffes, tötete einige Schildkröten und briet die besten Stücke über dem Feuer zusammen mit frisch gefangenem Fisch. Das restliche Schildkrötenfleisch gaben sie den Bordkatzen zum fressen bzw. warfen es ins Meer. Auch fingen sie einige der Riesenschildkröten lebend ein, um sie auf den Märkten in Kenia, Tansania oder Somalia an chinesische Händler zu verkaufen, die aus den Tieren wohl spezielle Aphrodisiaka herstellten. Heute stehen solche Taten unter Strafe. Die Lagune von Aldabra ist übrigens so groß, dass die Seychellen-Hauptinsel Mahe da locker zweimal reinpassen würde. Nicht nur die Riesenschildkröten stehen unter besonderem Schutz, sondern auch die dort lebenden Rallen. Dabei handelt es sich um relativ große, aber flugunfähige Vögel. Ich denke dieser Zwischenstopp auf Aldabra hat mich danach dazu inspiriert, auch auf Moyenne eine Schildkrötenkolonie zu gründen, die heute mit über vierzig Exemplaren die größte private Riesenschildkrötensammlung der Welt darstellt. Ich kaufte den Matrosen vier der lebenden Tiere ab (ein Männchen und drei Weibchen) und hatte somit eine erste „Urpopulation" an Moyenne-Schildkröten begründet. Jedoch starben zwei der Weibchen kurz nach der Ankunft in Moyenne. Ich vermute, sie kamen mit der dortigen Nahrung nicht zurecht und konnten sich nicht umstellen. Trotzdem bekamen die verbliebenen zwei Exemplare reichlich Nachwuchs, den ich dann mit anderen Riesenschildkröten, die ich geschenkt bekam, kreuzte.

Wir erreichten den Hafen von Victoria am frühen Nachmittag. Schon einige Stunden vorher sahen wir in der Ferne die Umrisse der Granit-Inseln. Zuerst tauchte die Insel Silhouette am Horizont auf, danach North Island und anschließend wuchs das Bergmassiv von Mahe langsam vor unseren Augen aus dem Ozean empor. Unser Kahn war zugegebener Maßen nicht sehr schnell, so konnten ich alles mit Genuss und Ruhe betrachten und die Eindrücke in mich aufsaugen. Es war einer dieser perfekten Tage mit tiefblauem Himmel und türkisfarbenen Wasser. Die Gipfel von Mahe waren wolkenverhangen, aber als wir näher kamen erkannten wir im Grün der Vegetation einzelne Häuser und auch das neu gebaute Hotel in der Mitte der Beau Vallon Bucht."

Dazu eine Anmerkung vom Autor Nicolas Montemolinos: Das Berjaya Beau Vallon Bay Resort & Casino, welches zentral am Beau Vallon Strand errichtet wurde, war in den 1970er Jahren sicher eine gute Adresse. Zum Zeitpunkt der Recherche für dieses Buch im Jahr 2019 stellte das Hotel jedoch mit Sicherheit eine der schlechtesten Adressen von Mahe dar. Gerade noch bezahlbar, dümpelte dieses Haus auf dem Niveau eines Zwei-Sterne-Hotels nahezu im nicht renovierten Originalzustand vor sich her. Nur die Lage am Beau Vallon Strand machte einen Aufenthalt hier erträglich. Das Hotel wurde von Billig- und Konferenz-Touristen aus allen Kontinenten bevölkert, was auf der einen Seite recht erfrischend war, auf der anderen Seite doch problematisch, denn alle Kulturen der Welt mit einem Frühstücksbuffet zufrieden zu stellen, ist ein Spagat, der gar nicht gelingen kann. Jedenfalls liefen hier schwarze Businessmänner im Anzug zwischen tätowierten Jugendlichen aus England umher, was der ganzen Veranstaltung einen grotesken Charakter verlieh. Auch ist es ungewöhnlich, dass beim Einchecken ein „Deposit" von 100 Euro erwartet wurde, welches man aber bei Abreise zurück erstattet bekam, sofern keine Rechnung offengeblieben war. Wenn man heutzutage aus Europa mit dem Flugzeug einschwebt, ist es schwer zu verstehen, dass Brendon so oft mit dem Schiff reiste, aber erst aus dem Flugzeug begreift man, wie winzig dieser Archipel in Wirklichkeit ist. Genau hierin liegt ein großes Problem für die einheimische Jugend. Die Inseln sind zu klein, um eigene Träume zu verwirklichen. Ein Seychelleois erzählte von seinem Traum, in Dubai zu arbeiten. Dort würde es alle Möglichkeiten geben, auf den Seychellen nicht. Das ist insofern bemerkenswert, als hier eine staubige Kunstwelt inmitten der flirrenden Wüste einem grünen Paradies im warmen Meer vorgezogen wird. Die Einheimischen betrachten ihre kleine Inselwelt jedenfalls mit ganz anderen Augen als Touristen aus Europa. Für sie ist das vermeintliche Paradies eher ein Gefängnis, dem man aufgrund wirtschaftlicher Grenzen sowie von Einreise-Beschränkungen nur schwerlich entfliehen kann. Auf Mauritius erzählen die Reiseführer Ähnliches: Preise wie in Europa aber nur bestenfalls 20 Prozent eines europäischen Einkommens machen das Leben nicht gerade paradiesisch.

Doch zurück zu Brendons Erinnerungen: „Als ich endlich wieder Moyenne sehen konnte, kam es mir noch schöner vor, als in meiner Erinnerung. Die Bäume waren einen Meter höher als beim letzten Besuch und überragten damit bereits die größten Felsen. Die westliche, der Hauptstadt Victoria zugewandte Seite, wurde von der Sonne hell erleuchtet. So strahlte Moyenne mit den anderen Inseln in der Bucht, in seiner ganzen tropischen Schönheit grünlich schimmernd im türkis farbigen Meer. Endlich war ich zu Hause und überglücklich. Jedoch wurden meine idyllischen Gedanken jäh unterbrochen, als der Seucheninspektor an Bord kam und mich nach meinen Impfungen gegen Cholera, Gelbfieber und Pocken fragte. Da ich den Impfausweis verschlampt hatte, musste ich mich erneut impfen lassen. Das geschah direkt an Bord. Der Seucheninspektor hatte einen furchtbar attraktiven, blutjungen Assistenten namens Maurice dabei, der mir die Spritze in den Arm setzte und mich dabei freundlich anlächelte. Ich bemerkte eine Reaktion in meiner Hose, ließ mir aber gar nichts anmerken. Zum Glück konnten die Einreise- und Zollformalitäten ganz schnell abgewickelt werden. Mein Gepäck wurde nach einem Unterwasserspeer abgesucht. Diese Waffen waren aktuell verboten worden, weil Taucher zu viele Fische in den Korallenriffen abgeschossen hatten. Diese Maßnahme stand wohl in Zusammenhang mit der Gründung des St. Anne Marine National Park, der die Inseln Round, Long, Cerf, Cachee und Moyenne sowie ihre Gewässer und Riffe umfasste. Auch Tim musste noch gegen Pocken geimpft werden. Mir fielen die interessiert-gierigen Blicke von Maurice auf, als er an Tim, der das gar nicht registrierte, herumfummelte. Alles klar, der gehörte also wohl auch zur „Familie Sonnenschein" dachte ich mir. Als das ganze Prozedere abgeschlossen war, gingen wir an Land und ein Taxi fuhr uns zu „Kapitän Tregarthen's Gästehaus" in St. Louis, welches ca. 1 Km vom Stadtzentrum am Hang lag. Von dort aus hatte man einen tollen Ausblick auf den Hafen und auch auf Moyenne. Was mich aber mehr interessierte, waren die geringen Kosten. Der Kapitän war ein knorriger, alter Seebär, der eigentlich als Hotelier völlig ungeeignet war. Außerdem lagen die Zimmer über der „Marie Antoinette Bar" und der dazugehörigen Disco, wo bis um 6 Uhr morgens Halli-Galli und Krach war. Zum Frühstück gab es lediglich schwarzen Tee und Kochbananen. Was von den Bananen übrig blieb, ging an den Esel „Burrito", der hinter der Disco sein Leben mit einigen Hühnern fristete. Burrito musste Lieferungen an Getränken vom Hafen zur Disco hinauf schleppen. Wie sich die Zeiten doch ändern: Heute ist das „Marie Antoinette" ein Spitzenrestaurant mit kreolischer Küche für den internationalen Jet Set und Burritos Kopf starrt ausgestopft auf die High Society herab, die Hummer mit Blattgold oder den Millionärssalat verspeisen.

Als ich die Seychellen erstmalig besuchte, befanden sie sich noch in der Kolonialzeit, aber als ich zwei Jahre dort dauerhaft lebte, also 1975/1976, setzte eine richtige Modernisierungswelle ein. Die Anzahl an Autos stieg sprunghaft an, ein Sportstadium wurde gebaut und viele neue Gebäude sprossen wie Pilze aus dem Boden. Ein Verkehrsstau am Uhrenturm, das neue System von Einbahnstraßen und ein Zeitungsbericht von sieben Autounfällen an einem Tag zeigten, dass sich das Leben in der Hauptstadt stark beschleunigte. Mir fiel ein Stein vom Herzen, denn auf Moyenne existierten nicht mal Fahrräder. Ich hatte die richtige Entscheidung getroffen. Es gibt ja die bekannte Geschichte vom zweiten Auto auf der Insel La Digue. Sobald es zum ersten Mal um die Ecke bog, kollidierte es mit dem ersten Auto der Insel und beide Autos waren reif für die Schrottpresse. Ich brauchte einige Zeit, mich an den Status des Insulaners zu gewöhnen. Autos verloren für mich an Bedeutung. Weder brauchte ich eines, noch leitete ich daraus einen Status für mich ab. Dafür ersetzte das Boot das Auto. Mag sein, dass es mancher Festländer als Luxus betrachtet, aber ohne ein Boot komme ich weder zum Arzt, noch zum Supermarkt oder kann Freunde besuchen. So ein Insel-Leben ist definitiv nichts für jeden. Das merkt man nach einiger Zeit, wenn der Reiz des Neuen aufhört und der Alltag einsetzt. Wenn ich mir vorstellen würde, ich hätte eine Arbeit auf Mahe und müsste morgens und abends über den manchmal doch recht unruhigen Ozean pendeln, dann wird aus dem Traum ganz schnell ein Alptraum. Tatsache ist, dass so ein Leben für Frauen rein gar nichts ist! Wäre ich heterosexuell gewesen und verheiratet, hätte das alles nicht funktioniert! Also konnte ich mit mir und meinem Leben dann doch ganz zufrieden sein, denn ich war ja nicht verheiratet. Der Anfang auf Moyenne war total primitiv. Einen Klo gab es nicht und erst nach Monaten konnte ich einen mit Kerosin betriebenen Kühlschrank und einen Gas-Kocher erwerben, um mir das Leben etwas zu erleichtern. Den ersten richtigen Kühlschrank, Wasserkocher und Air Condition kamen erst 20 Jahre später, als es auf Moyenne endlich auch Strom gab. Für Kinder wäre so ein Insel-Leben auch unmöglich gewesen. Wo hätten sie zur Schule gehen sollen und wie wären sie dahin gekommen? Mir dämmerte es zum ersten Mal im Leben, dass mein Junggesellendasein ein riesiger Vorteil war und das starke Fundament für meine Existenz als Insulaner bildete. So hat dann alles auf dieser Erde letztlich seine Berechtigung! Dreißig Jahre hatte ich mich beruflich für die Gesellschaft eingesetzt und nun ehrlich gesagt genug von ihr. Denn ein Dankeschön kam nicht! Nun wurde es Zeit, sich auf sich selbst zu konzentrieren. Moyenne bildete meine Belohnung für die anstrengende Periode, die hinter mir lag.

Es leuchtet ein, dass die Probleme eines Insulaners und seiner Facht nicht enden, bevor die Ladung sicher an Land ist. Und selbst danach kann noch viel schief gehen. Meine Hauptsorge bestand immer darin, den Transport von der Insel Moyenne zum Hafen nach Victoria und zurück zu organisieren. Es gab keinen Steg zum anlegen, der Seegang war oft rau, die Entfernung betrug acht Kilometer und mein kleines Boot schaukelte wie ein Korken in den Wellen. Wenn ich Gegenstände des Haushalts, wie zum Beispiel Bettzeug, Bilder, Bücher oder Glas transportieren musste, wurden diese oft nass oder kippten mir beim Entladen manchmal sogar ins Meer, wenn eine Welle mein kleines Boot im falschen Moment erwischte. Ja, ich lernte das Leben eines Insulaners teilweise auf die harte Tour. Als meine fünfzig Kisten mit Büchern, Erinnerungsstücken und sonstigem Krempel irgendwann in Victoria ankamen, hatte ich große Mühe ein Schiff zu organisieren, welches mir die Ladung nach Moyenne brachte. Die Felsen vor der kleinen Insel lagen zu flach unter Wasser und niemand wollte den Auftrag annehmen. Ich konnte mit etwas Überredungskunst die drei Brüder David, Mike und Alan Pool engagieren, die eine Art „See-LKW" besaßen. Mit Hilfe von Tim Willing, der damals noch mit mir auf Moyenne hauste, gelang es mir die 50 Kisten aus Zansibar-Holz den Hügel hochzuwuchten und im Gartenhäuschen zwischen zu lagern. Für mich gab es eine peinliche Situation, als Tim und David eine der schweren Kisten herunterfiel und zerbrach. Dutzende von afrikanischen Ebenholz-Dildos und Steinpenissen kullerten den Abhang hinunter und brachten mich in Erklärungsnot. Ich überspielte den Fauxpas und behauptete, das wäre die Sammlung meiner Ex-Freundin Samantha gewesen, die jedoch nur in meiner Phantasie existierte. David glaubte mir aber nicht und er nahm nie wieder einen Auftrag von mir an. Jedenfalls war die Plackerei mit den Kisten die schwerste Arbeit für mich seit Jahrzehnten. Ein Inselbewohner, so dämmerte mir, musste stark und kräftig genug sein, um schwere Arbeiten verrichten zu können. Und in der Tat purzelten bei mir die Pfunde nur so und alle meine alten Badesachen, Shorts und sonstige Klamotten waren auf einmal wesentlich angenehmer zu tragen. Sobald ich bei meinem Gürtel die alten Löcher wieder benutzen konnte, ging es mir gesundheitlich wesentlich besser. Meinen größeren Getränkekonsum, insbesondere von Bier, konnte ich mit einer anderen Ernährung, bestehend aus frischem Fisch und Früchten, sehr gut kompensieren.

Oft musste ich auf das Festland zum Einkaufen fahren. Ich machte mir dazu eine Liste mit folgenden notwendigen Dingen: Gebackene Bohnen, Büchsenfleisch, haltbar gemachte Milch, Butter, Käse, Tee, Kaffee, Zucker, Reis, Coca Cola, Bier, Seife. Zahnpasta, Klopapier und Rasierklingen. Natürlich, und da bin ich ganz ehrlich, hatte ich mir aus

Kanada einige Zeitschriften mit erotischem Inhalt in mein Postfach nach Victoria liefern lassen, denn ich brauchte bei der ganzen Arbeit auch Anregung für mein „Kopfkino", da ich ja in Ostafrika aus dem Vollen schöpfen konnte und hier nun die Quelle versiegt war. Mich ärgerte nur, dass der Briefumschlag geöffnet und die Zeitschriften offenkundig bereits gelesen waren. Merkwürdige Flecken auf den hinteren Seiten beflügelten meine Phantasie und erregten mich! So war der Ärger über den Bruch des Postgeheimnis schnell verflogen, immerhin hatte ich die Sendung ja erhalten. Neben all diesen „Konsumgütern" benötigte ich auch noch jede Menge „Investitionsgüter", d.h. Werkzeuge wie Hammer, Säge und Nägel sowie eine Kerosin-Lampe und gefüllte Benzin-Kanister. Bis dato war meine einzige Lichtquelle eine halbe Kokosnuss gefüllt mit Dort und Wal-Tran gewesen. Die Tage am Äquator sind bekanntermaßen kurz. Wenn man das knappe Tageslicht von 06.30 Uhr bis 18.15 Uhr nicht nutzt, kommt man zu rein gar nichts. Sasa Lafortune war so nett und brachte mir einige der „Konsumgüter" mit, wenn er seinen Fisch auf dem Markt von Mahe in Victoria verkaufte. Da musste er die Strecke ohnehin fahren und belieferte mich oft sogar mit frischem Brot. Für die schweren Werkzeuge musste eine andere Lösung gefunden werden: Das Gefängnisschiff, welches täglich zwischen Long Island und Victoria pendelte, nahm mich und Tim und unser ganzes Werkzeug mit, fuhr Moyenne ausnahmsweise von Seeseite an und so konnten wir die Ausrüstung unbeschädigt an Land bringen. Es war der 17. August 1973. Endlich war ich auf Moyenne wirklich angekommen und wohnte nicht mehr im Hotel. Ich feiere den Tag seither jedes Jahr. Wir schleppten den ganzen Plunder hoch auf das Plateau und verstauten ihn sicher vor Regen im Gartenhäuschen. Vielleicht hätte das Häuschen besser etwas tiefer gebaut werden sollen, denn im Laufe der kommenden Jahre musste ich endlose Mengen an eingekauften Waren, darunter auch viele Säcke mit Zement, dahin hoch schleppen. Na, immerhin entschädigte der grandiose Ausblick dort oben all die Mühen! Oft waren Tim und ich todmüde von der Arbeit, aber wir hatten die Rechnung ohne die Tiere gemacht, die wir auf Moyenne angesiedelt hatten. Um drei Uhr morgens krähte der Hahn, weil er offenbar den Vollmond für die aufgehende Sonne hielt. Blöd nur, dass er, als die echte Sonne aufging, munter weiter krähte. Auch die Schweine grunzten mitten in der Dunkelheit, was wiederum die Hühner und die Enten nervös machte und zu einem endlosen Gegackere und Geschnattere führte. Ich war genervt! Zum Schluss störte einen alles: Auch das Geplätscher des Meeres und der Wind in den Palmblättern. An Nachtruhe war so kaum zu denken. Gleichwohl erinnere ich mich noch genau an meinen ersten Morgen auf Moyenne: Das Wetter war perfekt, wir saßen alleine am von Palmen gesäumten Strand und die ankommende Flut murmelte leise vor sich hin. Wir aßen Omelette mit Schinken und genossen unseren warmen Tee. Wir malten uns vor unserem geistigen Auge die nächsten Tage aus: Einfach nur ausruhen, relaxen, im warmen Meer schwimmen und das Motto „Was Du heute kannst besorgen, das verschiebe ruhig auf morgen" beherzigen. So naiv war ich. Ich hätte es doch besser wissen müssen, hatte ich doch in Vorbereitung auf mein Inselabenteuer das Buch „*Satan came to Eden*" von Dore Strauch und Dr. Friedrich Ritter gelesen (Anmerkung: auf deutsch heißt das Buch „*Drama auf Floreana*"). Da wurden die Probleme des Auswanderers Dr. Ritter mit den Ameisen und Sandflöhen auf einer tropischen Insel geschildert. Wieso hatte ich daran nicht gedacht?

Als Tim und ich zum Gartenhäuschen hoch liefen, um uns Material für die Arbeit zu besorgen, fielen wir aus allen Wolken und erwachten aus unseren schönen „Ferienträumen"! Wir entdeckten, dass in den fünf Tagen, seit wir die Kisten im Gartenhäuschen verstaut hatten, zehntausende Termiten und Ameisen über alles halbwegs für diese Viecher Essbare hergefallen waren. Es ist kein Witz: Die Hälfte aller Vorräte war vernichtet! Tim und ich töteten in den nächsten drei Tagen so viele Ameisen wie wir konnten, doch letztlich waren viele meiner Erinnerungen aus Holz und Papier zerstört. Es gab Millionen Ameisen auf Moyenne und gegen die kamen wir nicht an! Sie lebten wohl unter dem Fußboden des Gartenhäuschens, der zwar auch hölzern war, den die weißen Termiten aber aus irgendeinem Grund nicht anknabberten. Letztlich waren auch meine afrikanischen Holzdildos zerstört, was mich noch mehr ärgerte als die gefressenen Lebensmittel, denn diese konnte ich auf Mahe wieder beschaffen, die Dildos hingegen nicht. Nun, die Lehre aus dem Desaster war, künftig alles wertvolle in Glas oder Plastik zu verpacken! Charlie, mein riesiges Elfenbeinmännchen mit dem Phallus, welches ich zum Abschied in Tansania geschenkt bekommen hatte, war nicht betroffen. Zum einen mögen Termiten kein Elfenbein, zum anderen konnte ich nicht jeden überflüssigen Ballast mit nach Moyenne schleppen. Das gaben die Transport- und Lagerkapazitäten nicht her! Ich hatte Charlie den Betreibern der Marie Antoinette Bar geschenkt. Dort erfreute er sich einige Jahre lang großer Beliebtheit, bis er eines Tages entwendet wurde. Hoffentlich hat er ein würdiges neues Zuhause gefunden. Vermutlich ist er aber Elfenbeindieben in die Hände gefallen, die ihn zu Schmuck weiter verarbeitet haben. Wir werden es nie erfahren! Allerdings fand ich bei der Kontrolle der Ameisenschäden in den Kisten trotzdem jede Menge Krimskrams, den ich eigentlich schon längst hätte entsorgen müssen. Da kamen dann plötzlich Weingläser aus Stuart Kristall zum Vorschein und Andenken an meine Reisen in den Fernen Osten und Russland. Nur ein kleines Glas war zerbrochen. Die Verpacker in Dar es Salaam hatten ganze

Arbeit geleistet! Eigentlich musste ich den Ameisen dankbar sein, dass sie viel zerstörten. Weniger ist manchmal eben doch mehr. Ich war trotzdem froh, dass einige farbenfrohe Massai-Bilder die Ameisen-Attacken überlebt hatten. Nicht, dass es besonders wertvolle Gemälde gewesen wären, aber mit dem Maler hatte ich seinerzeit einmal eine heiße Affäre gehabt und ich spüre seinen übergroßen talentierten „Pinsel" irgendwie noch immer. Man hängt halt an manchem Trödel doch so ziemlich. Immerhin machten sich die Gemälde super an den grauen Wänden des Gartenhäuschens. Dort kamen sie richtig gut zur Geltung und leuchteten in tollen Farben. Ich legte dann noch eine schmuddelige, aber wanzenfreie Matratze in diesen Schuppen und es war mein Schlafzimmer. Wenn ich dann morgens aufwachte, schaute ich auf Palmen und auf meine Gemälde und Bücher, so als ob es alte Freunde wären. Das gab mir ein gutes Gefühl!

Abbildung 07: Brendon mit einem jungen Mann (ca. 1998)

Die Korallenbucht

Nachdem ich mich im Gartenhäuschen, das ich selbst nur „Schuppen"
nannte, provisorisch eingerichtet hatte, ging es an die Umgestaltung
der restlichen Insel. Dabei musste ich zu meinem Bedauern
feststellen, dass die Insel viel stärker mit Gestrüpp zugewachsen war,
als ich befürchtet hatte. Seit die letzte Bewohnerin, Frau Emma Best,
die Insel über sechzig Jahre zuvor im Jahr 1915 verließ, hatten sich
selbst auf den ehemaligen Wegen überall von alleine Bäume von
heute stattlicher Größe ausgepflanzt. Um auf die andere Seite von

Moyenne zu gelangen, brauchte man entweder ein Boot oder musste schwimmen. Wenn ich heute so erzähle, dass es acht Monate dauerte den Insel-Rundweg freizuschneiden und vier Monate, das Plateau am Hang zu planieren, auf der mein neues Haus stehen sollte, dann hört sich das nach gar nicht so viel an. Aber das war totale Knochenarbeit vom frühen Morgen bis zum Sonnenuntergang. Wo früher kein Weg existierte, musste ich mich mit einer Machete durch ein dichtes Geflecht aus Kokospflaumen (*Chrysobalanus icaco*) hacken und auch deren Wurzeln zerstören, was mir unglaubliche Rückenschmerzen bescherte. Bei dieser Arbeit stieß ich auf zwei Skelette. Ich bin zwar kein Pathologe, aber tiefe Löcher im Schädel zeugten von einem Gewaltverbrechen und die Reste von relativ neuen Schuhen an den Füßen der Toten erzählten mir, dass die hier erst seit zehn bis zwanzig Jahren lagen. Ich sagte Tim nichts davon und arbeitete zunächst an einer anderen Stelle weiter. Ich wollte auf jeden Fall vermeiden, dass die Behörden mich durch Ermittlungen ausbremsten. Erst als Tim abgereist war, sammelte ich die Knochen ein und versenkte sie bei Ebbe an einer unzugänglichen Stelle im Riff. Der Rundweg über die Insel ist heute ziemlich genau eine britische Meile lang und Besucher erzählen mir immer wieder, dass er ihnen wie zwei Meilen vorkommt. Das liegt vermutlich an der hohen Abwechslung auf kleinem Raum, es geht vom Anlegebereich vorbei an meinem Haus, den großen Felsen, hinunter zum Strand, am kleinen Friedhof mit der Kapelle entlang über das Plateau mit dem Aussichtspunkt bis zum Wassertank. Als ich den Weg einst anlegte, erschien er mir zwanzig Meilen lang! An der Korallen-Bucht stand früher das Haus von Frau Best. Man konnte noch Fundamente und alte Regenwasserbecken erahnen. Auch ein großer Tamarinden-Baum am weißen Sandstrand schien noch aus der Zeit um 1900 hier zu stehen und bildete wohl einst den Blickfang in einem eleganten Tropengarten. Bis dorthin, wo das Flutwasser gelangte, war der Strand weiß, sauber und schön. Jedoch oberhalb der Flutmarke hatte die Natur offenbar ihren eigenen Plan. Diesen Plan wollte ich durchkreuzen, indem ich alles „platt" machte. Tim und Sasa halfen mir beim Entfernen des Gestrüpps. Wir schichteten alles in der Nähe des Wassers zu einem großen Haufen auf und setzten es mit Hilfe ölhaltiger Bestandteile der umliegenden Kokos- und Paranussbäume in Flammen. Jede einsetzende Flut schwemmte die Asche und die verkohlten Reste hinaus auf das Meer und der Brand war definitiv gelöscht. Ich hatte zugegebener Maßen große Angst, der Funkenflug könnte Teile der zum Teil doch recht trockenen Insel in Brand setzen. Dann wäre ich hilflos gewesen. Das einzige was jedoch verbrannte war mein Fuß, als ich aus Versehen neben dem Feuer umknickte und in den glühend heißen Sand geriet. Für den Indianertanz, den ich da dann wegen der Schmerzen aufführte, hätte ich Geld verlangen sollen. Jedenfalls war der Tag der bis dato heißeste in den Tropen für mich.

Die hereinkommende Tide faszinierte mich immer sehr. Wohl genauso wie einen Jungen, dessen Sandburg von den höher steigenden Wellen zerstört wird. Blöd war, dass die Wellen zwar mein Feuer löschten, aber tausend kleine Holzkohle-Stückchen an Moyennes Küste verteilten. Das erinnerte irgendwie an eine Ölpest. Wir fanden ein tiefes Loch, einen Spalt in der Erde, mitten in Moyenne und funktionierten dieses Loch zur Müllkippe um. Hierin versenkten wir alte Flaschen, Glasscherben und jede Art von Müll, den ich loswerden wollte. Wir konnten das nicht ins Meer werfen, denn jede starke Flut hätte den Unrat wieder an den Strand geworfen. So war das dann auch mit den Knochen. Teile davon landeten später wieder am Strand. Um sie los zu werden, packte ich sie in ein Paket und übersandte sie unter falschem Absender an eine zufällig ausgewählte Adresse in Venezuela, also ans andere Ende der Welt. Was dort dann damit geschah, weiß ich nicht. Die Post erledigte das Problem. Ich wollte meine Insel sauber haben und keine Knochen von potentiellen Mordopfern hier sehen, auch nicht in meinem Müll-Loch. Natürlich ist das Müll-Problem heute exorbitant größer. Unmengen an Plastik treibt an die Ufer und ein Schiff der Regierung karrt den Müll wöchentlich auf die Müllkippe nach Mahe. Jedenfalls hatte ich die Korallenbucht innerhalb des ersten Jahres auf Moyenne in einen schönen Platz verwandelt. Ein schöner, erholsamer Sandstrand zwischen großen Granit-Felsen. Dieser Platz war nun zugänglich, im Gegensatz zum Gipfelplateau. Deshalb plante ich einen „Piraten-Pfad" von der Bucht bis zum Gipfel. Das war dann sozusagen mein zweites größeres Projekt auf Moyenne. Tim war inzwischen nach Sri Lanka weiter gereist, der zweiten größeren Etappe auf dem Weg nach Australien, wo er ein neues Leben beginnen wollte. Ich musste mich also von nun an alleine abrackern.

Viele Besucher fragten mich immer wieder, warum ich mir diese schwere Arbeit selber angetan habe. Ich hätte doch kräftige Männer anheuern und den Vorarbeiter geben können. Nun der Grund war, dass auch ich endlich einmal körperlich arbeiten und fit sein wollte. Außerdem konnte ich die Insel so besser kennen lernen. Ich wurde intimer mit ihr. Die Insel war nun mein Liebhaber! Nach zwei Monaten war ich bereits mit dem Eiland verheiratet. An die stechende Sonne und die unglaubliche Luftfeuchtigkeit hatte ich mich inzwischen gewöhnt! Als ich zum ersten mal Moyenne betrat, musste ich nach einem Drittel der Strecke zum Gipfel schon eine Pause einlegen. Ich bekam keine Luft mehr. Obwohl ich auch als Zeitungsmensch Sport betrieb, ging mir damals schnell die Puste aus. Nun, nach zwei Monaten Insel-Leben, hatte ich mich akklimatisiert.

Meine Haut war nun ganz dunkel geworden. Probleme mit Sonnenbrand gab es keine mehr. Hätte es einen Weg hinauf zum Gipfel gegeben, hätte ich ihn nun locker hoch rennen können. Es gab im übrigen andere Herausforderungen, die mehr Geschicklichkeit als Energie bedurften. Ich musste lernen, an mit Laub bedeckten Granitfelsen herabzuklettern, ohne mich zu verletzen. Diese Felsen waren ohnehin schon glatt, aber mit feuchten Laubanhaftungen konnte ein Laie sie nicht überqueren. Schnitte und Schrammen verheilen in den Tropen langsamer, auch wenn man eine gute medizinische Ausrüstung besitzt. Zwar war Tim Willing abgereist, aber Sasa Lafortune half mir, wenn er Zeit hatte. Ich bat ihn, unten am Bootsanlegebereich zu arbeiten und diesen von den Gehölzen zu befreien und passierbar zu machen, während ich im höheren Bereich von Moyenne ein Wegenetz erschuf. Grüne und braune Eidechsen, Wespen, Hornissen und schwarz-gelbe Spinnen waren meine täglichen Begleiter. Zumindest auf die Insekten hätte ich gerne verzichtet!

Allmählich begann ich die Vegetation von Moyenne zu verstehen und lernte sie genauer kennen. Ich zeigte Madame verschiedene Blätter, Blüten und Früchte und sie nannte mir die kreolischen Namen dazu. Dann überprüfte ich diese Informationen mit einem einheimischen Buch über die Botanik der Seychellen. So gelang es mir, wertvolle von unwichtigen Gehölzen zu unterscheiden und eingeschleppte Arten zu identifizieren. Ich wollte Moyenne ja schließlich in ein Öko-Paradies verwandeln. Dazu brauchte ich tiefer gehende Kenntnisse. Eine Coco de Mer, so wie ich sie im Mai-Tal (Valle de Mai) auf der Insel Praslin gesehen hatte, gab es zu der Zeit auf Moyenne leider nicht. Später pflanzte ich einige Exemplare am Rundweg, um sie den Besuchern zeigen zu können. Meine Analyse ergab, dass auf meinem Eiland ca.

100 verschiedene Arten von Palmen, Sträuchern und Pflanzen wuchsen, und egal, an welcher Stelle man sich befand, konnte man immer ein gutes Dutzend davon im Blick haben. Auch die Granitfelsen und -platten mit ihren außergewöhnlichen Formen inspirierten mich. Einigen gab ich sofort sprechende Namen, wie etwa Elefant, Schildkröte, Hengst, schlafendes Huhn oder Krone. Ich fand es recht angenehm, mich gegen Abend auf einen der Granitfelsen zu legen und die dort gespeicherte Wärme auf meiner Haut zu fühlen. Wenn sich so ein Felsen direkt am Wasser und in Richtung der untergehenden Sonne befand, um so besser! Alleine zu arbeiten bedeute nicht ein Einsiedlerkrebs sein zu wollen. Zum einen kamen bei mir gar keine Gefühle der Einsamkeit auf, weil ich meine Fähigkeiten als Handwerker verbessern musste, zum anderen beschloss ich jeden Dienstag nach Mahe zum Einkaufen zu fahren und im Rotary Club unter Menschen zu sein. Ich hätte zwar auch in irgendeine Bar in Victoria gehen können, aber in so einer kleinen Inselwelt braucht man Kontakte zu der weißen Oberschicht, also den oberen Zehntausend. Die bekommt man eben nicht in der Marie Antoinette Bar, sondern in Jacht-Club und im Rotary Club. Immer wenn ich später mal in Victoria an einem anderen Wochentag gesichtet wurde, fragten die Leute mich: „Hey, es ist doch nicht Dienstag!". Jedenfalls wurde der wöchentliche Ausstieg vom Ausstieg mein festes Insel-Ritual. Ich kaufte ein hochseetüchtiges Boot, mit dem Sasa und ich Zementsäcke, Steine, Werkzeug und Holz nach Moyenne transportieren konnten. Das haben die Herren im Jacht-Club zwar nicht gerne gesehen, dass ein Arbeitsschiff an ihrem feinen Steg anlegte, doch mit den entsprechenden Kontakten aus dem Rotary Club konnten ihre Bedenken zerstreut werden. Sasa Lafortune freute sich über das neue Boot, denn er verstand es viel besser als ich damit umzugehen, und so fuhr er es hauptsächlich.

Ich nannte das Boot „Amy Jane" nach meiner verstorbenen Großmutter aus Essex. Das hätte ihr richtig gut gefallen, denn sie war ja so ein echtes unsinkbares „Schlachtschiff"! Die ersten zwei Jahre erschienen retrospektiv betrachtet wie eine Zeit der Anpassung und Transformation. Mit meinem 50. Geburtstag war ich zum echten Insulaner mutiert und hatte meine Vergangenheit in der Mottenkiste verstaut. Man sagt ja immer so schön, dass mit fünfzig eigentlich Schluss sei. Nein, da bin ich ganz anderer Ansicht. Man muss es nur richtig angehen. Ich hatte ja schon gesagt, dass ich das Buch „*Satan came to Eden*" (auf deutsch: „*Drama auf Floreana*") gelesen und studiert hatte, welches von dem deutschen Arzt Dr. Friedrich Ritter und seiner gescheiterten Auswanderung nach Galapagos handelt. Letztlich hatte Dr. Ritter in der Theorie alles vernünftig geplant, doch er starb mit 48 Jahren an einer Fleischvergiftung. Dieses Buch sollte mir hilfreiche Anleitung und nützliche Warnung zu gleich sein. Ich kann das nur jedem „Robinson" empfehlen. Das Kernproblem von Dr. Ritter war, dass er einerseits zu weit weg von der Zivilisation siedelte, andererseits die falsche Partnerin an seiner Seite hatte. Bei mir lagen die Dinge jedoch anders: Ich konnte mit dem Boot in zwanzig Minuten in Victoria sein (z.B. im Krankenhaus) und einen Partner an meiner Seite, der mich blockiert, den hatte ich auch nicht. Noch nicht, jedenfalls. Also rechnete ich mir durchaus höhere Überlebenschancen aus.

Abbildung 08: Die Korallenbucht auf Moyenne

Robinson, Freitag und ein Schatz

Immer wenn ich vor meinem endgültigen Umzug die Seychellen von Tansania aus besuchte und Sasa traf, hatte der einen seiner Söhne mit im Schlepptau. Diese Jungs wuchsen wie Unkraut. Bei meinem dritten und vierten Besuch konnte ich die Söhne beim ersten Aufeinandertreffen schon gar nicht mehr untereinander unterscheiden. Ich grüßte Sasa und sagte zu seiner Begleitung: „Hello Frank!", worauf der angesprochene Boy empört erwiderte: „No, no Monsieur, ich bin René!", oder „No, no, Monsieur, ich bin Paul!". Die Jungs sprachen nur kreolisch, zeigten mir die schönsten Stellen der Insel und luden mich ein, mit ihnen zu tauchen und Oktopusse mit

Hilfe selbst aus Holz geschnitzter Speere zu jagen. Da ich selber keine Kinder hatte, erfrischte mich ihr jugendlicher Enthusiasmus doch sehr. Solches Verhalten kannte ich aus der Geschäftswelt natürlich gar nicht, darum war es für mich auch so schön. Als ich 1973 schlussendlich für immer nach Moyenne zog, war Frank schon 21 und lebte auf Praslin. René war 19 und wohnte mit seinem zwei Jahre jüngeren Bruder Paul auf Mahe. Die älteste Tochter Marie France hatte in Victoria einen Polizisten geheiratet und nur Marina und Eliana halfen ihrer Mutter noch zu Hause. Frank und Paul waren mal einen Tag auf Moyenne und halfen mir, aber dann war ihnen wohl die Lust vergangen. Sie hielten sich lieber in Victoria bei den Sportveranstaltungen, dem Kino, den Bars und den Mädchen auf. Wer sollte ihnen das in dem Alter übel nehmen? Sasa half mir gelegentlich dann und wann, sofern er nicht gerade draußen auf dem Meer fischte oder seinen Fang in Mahe verkaufte und die Einnahmen in den Bars versoff. Am 5. Dezember 1973 tauchte plötzlich René auf Moyenne auf und behauptete, er wolle mir helfen und das dauerhaft. So blieb er und wohnte mit mir auf der Insel. Er war ja ohnehin arbeitslos und meinte, auf Moyenne käme er wenigstens nicht auf dumme Gedanken. Bezahlen tat ich ihn nicht, denn das gab mein Budget nicht her. Zwei Männer auf einer einsamen Insel waren natürlich ein gefundenes Fressen für die Zeitungen, die daraus die Robinson-Geschichte konstruierten. Ich war fortan „Crusoe" und René übernahm in den Artikeln die Rolle des „Freitags". Das stimmte zwar inhaltlich alles nicht, aber mir konnten diese Etiketten nur recht sein, denn einerseits waren sie geschäftlich fördernd, andererseits ersparten sie mir Erklärungsnöte in einer Zeit, die noch nicht so offen war wie die heutige. Ich erklärte René damals, dass ich eigentlich jemanden suchte, der mit mir arbeiten wollte statt für mich. Ich denke, er hat das damals gar nicht verstanden. Er grinste nur mit jugendlicher Frische und fuhr mit der Arbeit fort. Nun ja, dass er der richtige Mann an meiner Seite ist, sollten die kommenden Jahrzehnte beweisen. Wer hätte das an dem Tag je gedacht? Jedenfalls konnte er, der eigentlich wie seine Brüder ein Stadtkind war (wenn man Victoria als Stadt bezeichnet), sich ganz leicht an das Inselleben gewöhnen. Leichter als ich. Nun, er war ja auch fast 30 Jahre jünger.

Wir arbeiteten hart und genossen die Zeit zusammen. Nachdem wir einen Bereich gerodet hatten, gingen wir zusammen schwimmen und jagten Fische für ein Barbecue am Strand. Oder wir spielten Fußball oder veranstalteten ein Wettrennen auf der Sandbank. Wir machten uns einen Spaß daraus, den anderen nicht zu warnen, wenn er mit seiner Machete ein Hornissennest traf. Dann musste sich der Unglückliche nämlich sofort flach auf den Boden legen, um nicht von zahlreichen Stichen malträtiert zu werden, während der Glückliche lachend und schadenfroh zum Strand lief, um sich vor den Insekten ins erfrischende Wasser zu stürzen. Wir waren eben ziemlich albern. Abends spielten wir dann zusammen Domino, Schach oder Karten. Madame kochte einen Kaffee für uns um 6 Uhr, brachte uns das Frühstück und dann arbeiten wir von 7.30 Uhr bis es einfach zu dunkel war für irgendwelche Tätigkeiten. Die Samstage liefen regelmäßig anders ab. Wir schliefen aus und begaben uns gegen Mittag auf den Weg zum Jacht-Club, wo wir duschten und uns stadtfein her richteten. Dann gingen wir ins Sportstadium, um uns Fußball anzuschauen, machten diverse Restaurants unsicher, um endlich mal was anderes zu essen und gingen ins Kino, egal was für ein Film lief. Auch der Besuch der Post und Einkäufe standen auf dem Programm. So gegen Mitternacht fuhren wir zurück nach Mahe, was bei Vollmond noch relativ einfach war, aber es bei Bewölkung doch recht schwierig machte, den Weg durch das Riff zu finden. Es dauerte nicht lange, und wir schliefen gemeinsam auf einer Matratze. Ich will an dieser Stelle jetzt nicht deutlicher werden, denn ich bin aus einer Generation, in der man allzu Privates seit je her nicht in die Öffentlichkeit hinaus posaunt hat. Die Zeiten haben sich natürlich geändert. Aber das ist ein anderes Thema. René machte mich jedenfalls glücklich, so viel kann ich sagen. Die Madame schwieg dazu eisern.

Sonntags hatten wir Ruhetag. Während ich Briefe schrieb und beantwortete, ging René auf Fischfang. Weil wir oft nur in Badehosen oder nackt umher liefen, fiel nur wenig schmutzige Wäsche an. Die Madame wusch unsere Handtücher und die Schmutzwäsche. Abends kochte sie Fisch oder ein kreolisches Curry für uns, welches immer einsame Spitze war. Natürlich mussten wir uns manchmal auch zur Arbeit regelrecht zwingen, denn sie schien gar kein Ende zu nehmen. Wenn wir einige Sträucher weg geschnitten hatten, standen wir schon vor der nächsten dichten Hecke. Das frustrierte richtig. Doch eines Tages stießen wir bei unserer Arbeit auf große Zedern und nahebei auf Fundamente eines alten Hauses. Nach ein bisschen Detektivarbeit in Victoria wurde klar, dass wir das Anwesen von Julie und Melidor gefunden hatten, den ersten „Besitzern" von Moyenne. Diese zogen 1850 auf die Insel und lebten in dem Haus 42 Jahre lang. Ich denke mal nicht, dass sie die Insel mit Vertrag gekauft haben. Sie werden das menschenleere Eiland wohl einfach so in Beschlag genommen haben, da hier kein anderer darauf wohnte. Melidor Louange war ein siebzehnjähriger Zimmermann, als er die sechzehnjährige Näherin Julie Chiffon heiratete. Beide stammten von freigelassenen Sklaven ab und hatten mit ihren Müttern Suzie und Marie zuvor auf der Nachbarinsel St. Annes Island gelebt. Die Lage ihres Hauses schien gut gewählt zu sein. Es lag oberhalb der Piratenbucht und bekam den kühlen Monsun-Wind ab. Außerdem bildete die Piratenbucht den Anlegeplatz, der aus Richtung St. Annes Island die kürzeste Entfernung bot. Weil es kein Süßwasser auf Moyenne gab und drei Kinder versorgt werden mussten, haben sie es wohl täglich von der Nachbarinsel importieren müssen. Was für ein Aufwand! Nachdem wir die Fundamente ihres Hauses freigelegt hatten, arbeiteten wir uns den Hang hinab in Richtung der Piratenbucht vor. Abermals gab es eine Überraschung. Als wir zwei Drittel der Rodungsarbeiten geschafft hatten und uns schon dem Strand näherten, stießen wir auf einem schmalen Plateau auf zwei Gräber mit stark verrosteten Eisenkreuzen. Zuerst dachten wir, es wären die Gräber von Julie und Melidor, aber meine Nachforschungen ergaben, dass es sich wohl um Piratengräber handeln musste. Julie und Melidor verkauften die Insel 1892 mitsamt der Gräber, wie aus einem Dokument hervor ging. Die Gräber bestanden damals nur aus ein paar Steinbrocken. Da sich die spätere Eigentümerin Frau Best scheute, die Gräber zu entfernen und die Ruhe der Toten zu stören, ließ sie um das Jahr 1900 die Grabstätten mit einem pflegeleichten Mantel aus Korallenzement wie mit einem Zuckerguss überziehen und stellte der besseren Optik wegen zwei eiserne Kreuze auf. So sind sie, die Frauen. Es soll halt alles schön sein!

Als Madame eines Tages in Victoria einkaufte, traf sie ein 6 Jahre altes Mädchen, welches von Moyenne geträumt hatte. Obwohl die Kleine noch nie in ihrem Leben auf Moyenne gewesen war, erzählte sie der Madame von zwei Gräbern bei einem Mango-Baum und einem wertvollen Schatz, der in der Nähe vergrabe sein sollte. Nach ihrer Rückkehr eilte die Madame sofort zu dem kleinen Friedhof und fand zu ihrem großem Erstaunen den von dem Mädchen in ihrem Traum gesichteten Mango-Baum. Sie erzählte mir die Geschichte, doch ich wiegelte ab. Ich glaubte nicht an einen wertvollen Schatz. Für mich war Moyenne selber der Schatz! Als ich irgendwann später bei der Reinigung des Friedhofsareals in der Nähe der Gräber auf ein Quadrat aus Korallen-Beton stieß, fiel mir die Geschichte von dem Traum der Sechsjährigen wieder ein. Ich entschloss mich, der Sache auf den Grund zu gehen und selber zum Schatzsucher zu werden. Kaum hatte ich mit meinem Spaten den ersten Hieb in den Beton getan, fielen mit lautem Gepolter zwei riesige Kokosnüsse auf mich herab. Sie verfehlten meinen Kopf nur knapp. Ich nahm das als Hinweis von höheren Mächten und stellte die Arbeit umgehend ein. Gleichwohl erzählte ich die Geschichte von dem Traum des Mädchens und den Kokosnüssen im Laufe der Jahre zahlreichen Besuchern. Irgendwer hat dann wohl doch mehr Vertrauen in diese Story gelegt als ich, denn eines Sonntags entdeckte ich, dass vor den Gräbern ein Loch gegraben worden war, nur notdürftig mit Laub kaschiert. Ich räumte das Laub weg und fand Holzkohle darin. Mich ärgerte, dass irgendwer hier illegal auf Schatzsuche gewesen war und ich wunderte mich auch darüber, wer sich den Gräbern gegenüber so respektlos zeigte, hier ein Feuer zu entzünden.

Vier Jahre nach diesem Ereignis erzählte mir ein Einheimischer, mit dem ich mich zufällig über die Ereignisse unterhielt, von einem lokalen Aberglauben, der folgendes besagte: Wenn jemand auf den Seychellen von einem Schatz träumt und danach gräbt, der wird ihn finden. Wenn jemand anderes gräbt, der den Traum nicht selbst geträumt hat, der wird nur auf Holzkohle stoßen. Fasziniert von diesem Aberglauben beauftragte ich René, die Sechsjährige, inzwischen selber schon Mutter von fünf Kindern, noch einmal zu dem Traum zu befragen. Sie meinte nur, sie hätte nie davon geträumt, dass der Schatz direkt zu Füßen der Gräber gelegen hätte, sondern in ihrem Traum hatte sie die Gräber und den Mangobaum weit im Hintergrund der eigentlichen Schatzstelle gesehen. Nachdem der ganze Bereich inzwischen geweiht und eine Kapelle errichtet worden war, hatte ich nun verständlicherweise keine Lust mehr, irgendwelche Grabungen durchzuführen. Für mich hatte sich das Thema damit erledigt! Es war halt jetzt nur so ein weiteres Mysterium von Moyenne. Wir arbeiteten wie die Irren weiter, um den Rundweg anzulegen und die Insel passierbar zu machen. Wir stießen bei unserer Arbeit auch auf immer neue Pflanzen, wie Chinesische Guaven oder Öl-Palmen. Als wir es endlich geschafft hatten, feierten wir eine ganze Woche lang und tranken viel zu viel Alkohol. Ich lud Maurice auf die Insel ein, den schönen Assistenten vom Seucheninspektor, mit uns zu feiern. Was René nicht wusste, war dass ich mich mit Maurice nach meiner dauerhaften Einreise oft getroffen hatte, nämlich fast jedes mal wenn ich in Victoria weilte und er Zeit für ein Treffen hatte. Die Chemie stimmte zwischen uns. Anschließend gab es einen heftigen Streit mit René, der ziemlich eifersüchtig reagierte. Ich musste nun abwägen. Ich traf die Entscheidung, mich völlig auf René zu konzentrieren und Nebenaktivitäten einzustellen. Wie dem auch sei: Der Rundweg war essentiell für ein Leben auf Moyenne und er musste ständig ausgebessert, vom Wildwuchs befreit und mit Zement befestigt werden. Wie die mittelalterlichen Kathedralen in Europa Dauerbaustellen sind, so ist auch der Rundweg von Moyenne eine solche ewige Aufgabe. Überdies erschloss der Rundweg nicht das Innere der Insel. Hier waren weitere Kraftanstrengungen nötig. Letztlich wurde das Netz aus befestigten Wegen und Naturpfaden, welches die Insel umspannte, erst 1994, also über zwanzig Jahre nach meiner Ankunft, fertig gestellt.

Abbildung 09: Die Reste von Julies und Melidors Haus

Haus und Garten

Nun hatte ich in Dar es Salaam und Nairobi in luxuriösen Appartements gewohnt und war mir mit beinahe 50 auch sicher, dass ich ziemlich bald ein vernünftiges Haus brauchen würde, um mir gesundheitlich nicht zu schaden. Darum trieb ich parallel zu den Rodungsarbeiten für das Wegenetz auch den Plan zum Bau eines Hauses weiter. Der Standort des Hauses von Julie und Melidor passte nicht zu meinen Überlegungen. Ich war nicht in Richtung St. Anne Island orientiert, sondern wollte sehen was sich in Mahe abspielte, also besser gesagt im Hafen und in Victoria. Darum sollte mein künftiges Haus nach Westen ausgerichtet sein, wo ich auch die

Bootsanlegestelle plante. So war der Weg nach Victoria kürzer und ich hätte Einkäufe und größere Anschaffungen nicht über die halbe Insel schleppen müssen. Zudem hatte ich große Angst vor Stürmen und Zyklonen sowie vor Tsunamis. Ich wollte mein Haus unbedingt an der dem offenen Meer abgewandten Seite bauen, also keinesfalls auf der Ostseite von Moyenne. Überdies sollte der Abstand vom Friedhof gewahrt bleiben und ich wünschte mir auch die Reste von Julies und Melidors Haus als historische Stätte auf Moyenne zu erhalten. Es gab nur ein Problem: Die windgeschützte Westseite der Insel verfügte über kein natürliches Plateau. Es war eine einzige steil abfallende Felswand aus Granit. Also mussten wir einen künstlichen Bauplatz in den Stein hauen, was sich als die größte Herausforderung erwies, vor der ich je in meinem Leben gestanden hatte. Um den harten Fels zu zerbröseln, entfachten wir mit Hilfe eingesammelter Palmblätter und Kokosnuss-Resten (beides ölhaltig) sowie mit Kerosin heiße Feuer auf den Felsen, die wir dann nach längerer Zeit spontan mit kaltem Meerwasser löschten, wobei wir oft ein Knacken im Fels vernahmen und damit wussten, dass wir den Stein nun mit einem Meißel zerbröseln konnten. Abends gingen wir, nachdem wir abgekühlt waren und somit die Gefahr eines Kreislauf-Kollaps nicht mehr bestand, nackt im Meer schwimmen. Dann seiften René und ich uns gegenseitig ein, was ich als sehr erotisch empfand und nahmen anschließend einige Tassen Frischwasser, um die Seife fortzuspülen. Schon waren wir wieder vorzeigbar und wie neu geboren.

Vermutlich aus dieser Zeit stammte meine Angewohnheit, mit nur noch wenig Klamotten umher zu laufen, was manchen Besucher störte. War mir aber egal, ich galt ja durch meine Lebensweise irgendwann ohnehin als Exzentriker. Ist der Ruf erst ruiniert, lebt es sich völlig ungeniert! Ich hatte im Zeitungsgeschäft und als PR-Berater so oft Anzug und Krawatte in völlig ungeeignetem Klima tragen müssen, dass ich anschließend null Wert auf Klamotten mehr legte. Das ist eine persönliche Freiheit. Nach vier Monaten hatten René und ich ein Plateau in den Abhang geschlagen. Ich hätte gern ein Dreizimmer-Haus errichtet, aber das gab der Platz und das Budget nicht her. Es sollte aber mindestens ein Zweizimmerhaus (Wohn-und Schlafzimmer) mit Küche, Bad, Stauraum und Veranda sowie mit einem Wasserspeicher sein. In meiner Vorstellung sollte das Regenwasser des Daches in ein Auffangbecken geleitet und von dort aus mit Strom in einen großen Wassertank oberhalb des Hauses geleitet werden, der dann mit natürlichem Wasserdruck Dusche und Toilette betreiben konnte. Soweit mein Plan, den es nun umzusetzen galt. Wie der Zufall es so wollte, waren Mitte der 1970er Jahre Fertighäuser en vogue und eine Firma aus Penang in Malaysia versuchte zu der Zeit, mit billigen, individuellen Fertighäusern in Holzbauweise ihr Verkaufsgebiet in Richtung Indien, Malediven und Seychellen auszuweiten. Das kam mir gerade recht. So engagierte ich Tony Pillay, einen jungen technischen Zeichner, mir professionelle Pläne mit exakten Abmessungen für den Hausbau zu erstellen. Da der Boss der Fertigbau-Firma, Sunny Kahn, ohnehin jeden zweiten Monat einmal geschäftlich in Victoria war, vereinbarte ich gleich einen Ortstermin mit ihm. Als Herr Kahn auf Moyenne eintraf, war er zutiefst beeindruckt von der Arbeit, die René und ich ohne schweres Gerät hier schon verrichtet hatten. Er versprach, nicht nur das Haus in Einzelteilen zu liefern, sondern auch noch den dazugehörigen Wassertank samt Leitungen zu einem günstigen Preis errichten zu lassen. Ich denke, er hatte große Sympathie für mein Projekt und verzichtete in diesem Fall auf die Gewinnerzielung. Heute glaube ich manchmal sogar, dass mein Haus in Moyenne für ihn ein Verlustgeschäft war und er mich irgendwie unterstützen wollte. Viele

Jahre später erfuhr ich, dass er in Malaysia wegen Homosexualität verurteilt wurde und sich im Gefängnis selbst umgebracht hatte. Natürlich machte mich das sehr betroffen, umso mehr hing ich später an meinem wirklich phantastischen Haus!

Das Haus sollte auf 48 kleinen Betonsäulen errichtet werden, so dass der Fußboden ca. 80 cm über dem Grund schwebte. Hiermit wurden Schäden durch Überflutungen ausgeschlossen. Zudem diente diese Art der schwebenden Konstruktion einer besseren Durchlüftung des Gebäudes und half gegen Schimmelbildung. Von großer Bedeutung war diese Stelzenbau-Methode insbesondere auch im Kampf gegen Ungeziefer aller Art. Ein Problem der Tropen sind regelmäßig Termiten. Diese Tiere befallen aber nicht jede Art von Holz. Die malaysische Firma setzte nur auf diejenigen Holzarten, die absolut resistent gegen Termiten waren und behandelte das Holz zudem noch chemisch. Auch wurde viel Asbest in den Bauteilen mit verarbeitet. Das Dach des Hauses bestand aus verzinktem, rostfreien Wellblech. Als das Haus später dann stand, nutzen meine Schildkröten den trockenen Platz zwischen den Betonsäulen regelmäßig als Nachtquartier. Besser hätte ich es mir gar nicht ausmalen können. Doch bis dahin sollte es ein schwerer Weg sein. Jeder Häuslebauer weiß, dass beim Neubau eines Hauses viel schief laufen kann, besonders wenn man Laie ist. In meinem Fall passierte nun folgendes: Zuerst geriet der Frachter mit den zugeschnittenen Holzbauteilen in einen Sturm und sank. Da musste ich die Arbeiter abbestellen, die die Bauteile zusammenmontieren sollten, da der Liefertermin nicht eingehalten werden konnten. Dann regnete es wochenlang und ein Erdrutsch ging in die Baustelle ab. Streiks in Malaysia verzögerten die Neuproduktion meiner Bauteile. Als diese endlich eintrafen, musste ich sie zwischenlagern lassen, weil meine Monteure an anderen

Baustellen arbeiteten. Schließlich errichteten sie die 48 Betonsäulen und ich stellte mit Entsetzen fest, dass diese mitten in den Rundweg hineinragten. Der Vorarbeiter meinte nur lakonisch, ich solle Stufen zu beiden Seiten der Veranda anfügen und dann wäre die Veranda eben Teil des Weges. Da dieser Planungsfehler auf meine Rechnung ging, musste ich im Nachgang mit Unmengen Zement und Beton eine künstliche Mauer vor dem Haus errichten lassen, die eine Geländeaufschüttung für den Weg abstützen konnte. So liefen dann die Kosten doch noch aus dem Ruder. Um Geld zu sparen, kauften wir uns eine zweite Schubkarre und schütteten den Raum zwischen Mauer und Felswand selber auf. Nach drei Wochen hatten wir es geschafft und ich wog fast acht Kilo weniger.

Jeder Bauherr kennt das ja mit diesen Missgeschicken beim Bau. Ärgerlich war auch die Geschichte mit dem Elektriker, der dachte auf Moyenne läge schon ein Stromkabel und die Leitungen nach vorne zur Veranda gelegt hatte anstatt zur Seite in Richtung Generator. So schmückte die Veranda dann ein hässlicher Stromkasten. Das war einfach nur ein riesengroßes Ärgernis! Immerhin lief die Errichtung des Wassertanks oben am Hang reibungslos. Das Betonfundament wurde so fachmännisch ausgeführt und die Metallringe des Tanks waren so gut verarbeitet, dass der Tank auch heute noch sogar die Jolly Roger Bar, die ich zwischenzeitlich am Bootsanleger eröffnet hatte, mit Frischwasser speist. Als das Haus endlich stand und bezugsfertig war, haben René und ich uns erst einmal einen kolossalen Urlaub verordnet. Einen Monat lang ruhte jede Arbeit. Was wir aber machten, war nach Mahe zu fahren und uns für unser Schlafzimmer ein neues Doppelbett samt Matratzen zu kaufen. Eine knallharte für mich, eine butterweiche für René. Wir schliefen wie die Engel in dem neuen Haus. Ich muss bei der Gelegenheit auch noch die Arbeit meines österreichischen Fliesenlegers Nikolaus Mühlberger, genannt „Nikki", loben, der hier ein wahres Wunder vollbrachte und trotz seiner Abneigung für das tropische Klima extra anreiste und alles nach meinen Wünschen vorzüglich umsetzte. Einfach ein Meister seines Fachs! Nikki hatte in den 1990er Jahren ein kleines Haus in der Kuhbergstraße im Kronacher Stadtteil Ziegelerden (Deutschland) gekauft, welches dereinst die sogenannte „Affen-Anna" selbst gebaut hatte, weil ihr Mann ständig besoffen war. Die „Affen-Anna" schnappte sich die Steine fürs Haus beim Baustoffhändler, nahm Steine rechts und links unter den Arm und wankte wie ein Orang-Utan durch Kronach in Oberfranken den Berg hinauf nach Ziegelerden zur Baustelle. Denn sie besaß 1950 noch kein eigenes Auto und niemand half ihr. Ich kann mich in diese Geschichte nach meinen eigenen Erfahrungen auf Moyenne sehr gut hineinversetzen. Die arme „Affen-Anna"! Aber immerhin brauchte sie nicht wie ich ein Boot für den Transport der Baumaterialien!

Beginn der Bepflanzung

Nach unserem Urlaub mussten wir mit der Neubepflanzung von Moyenne beginnen. Viele Palmen waren in einem sehr schlechten Zustand. Der Rhinozeros-Käfer hatte sie befallen und geschwächt. Außerdem waren fast alle der heruntergefallenen Kokosnüsse nicht gekeimt, da die Nüsse sich im trockenen Geäst der Büsche verfangen und den Boden nie erreicht hatten. Eigentlich sind Kokospalmen so nützliche Pflanzen und dürfen auf gar keiner tropischen Insel fehlen. Sie liefern Milch, Fleisch, Öl und getrocknet auch Stroh für Matratzen sowie Brennstoff. Uns war deshalb sofort klar, dass wir Moyenne mit neuen Palmen bepflanzen mussten. Überdies setzte auf den gerodeten Wegen schon die Erosion ein. Es bestand also dringender Handlungsbedarf! So kauften wir in der staatlichen Gärtnerei der Seychellen 1000 junge Kokosnuss-Palmen, an denen noch unten die Nuss dran hing, aus der die Wurzel spross und pflanzten diese jungen Palmen in mit einer Schicht speziellen Düngers vorbereitete Löcher ein. Da der Transport der Pflanzen übers Meer mit meinem Boot „Amy Jane" teilweise durch unruhige See erfolgte, wurden die Palmen stark mit Salzwasser „kontaminiert", sodass wir sie an Land anschließend mühsam mit Frischwasser reinigen mussten. In den alten Zeiten der Sklaverei, als die menschliche Arbeitskraft im Überfluss vorhanden war, umringte man neu gepflanzte Palmen mit einem Kreis aus Steinen. Darauf verzichteten wir, denn das hätte unsere Kräfte überstiegen. Die Palmen wuchsen auch so sehr gut an! Besucher fragten mich oft, warum Palmen auf Inseln immer in Richtung des Meeres wachsen, egal wie man sie pflanzt. Nun, das Wasser spiegelt viel Licht und da die Pflanzen das Licht suchen, wachsen sie auf Inseln immer in Richtung des Meeres, was natürlich sehr dekorativ in der ganzen Szenerie wirkt. Da wir die ganze Insel vom Gebüsch befreit hatten, wachsen heute junge Kokospalmen von selber, denn heruntergefallene Nüsse landen auf dem feuchten Grund und können keimen. Das spart Geld und Arbeit.

Natürlich versuchten wir auch viele seltene, endemische Pflanzen der Seychellen auf Moyenne anzupflanzen und auch blühende Sträucher. Denn nur grün zu sehen, empfindet kein menschliches Auge dauerhaft als angenehm. Wir bettelten um Pflanzen, kauften Pflanzen und manchmal, wenn es gar nicht anders ging, gruben wir auch Pflanzen auf Mahe bei Nacht und Nebel aus und schafften sie als Diebesgut nach Moyenne. Dabei wechselten sich Erfolge und

Misserfolge ab: Von den 3500 gepflanzten Zedern, oder besser gesagt „Kasuarinen", verloren wir 500. Dieser Verlust erschien mir tragbar, denn wir pflanzten die Zedern auf dem Gipfelplateau, wo sie der Sonne und den salzigen Winden erbarmungslos ausgesetzt waren. Sobald die Zedern ordentlich wuchsen, spendeten sie einen kühlen Schatten. Ihre Nadeln legten sich wie ein Teppich über den Boden und verhinderten das Aufkommen von Unkraut, insbesondere der unerwünschten Kokos-Pflaume (Prune de France), die wir hier überall als dichtes Gestrüpp mühevoll rodeten. Den größten Misserfolg stellte unsere Pflanzung von 300 Eukalyptusbäumen dar. Nur ein einziger Baum überlebte und vegetierte vor sich hin. Im Nachhinein war ich froh über diese negative Bilanz, denn überall auf der Welt zeigten Eukalyptuswälder ihre Anfälligkeit für Feuer und ihre negativen Auswirkungen auf die Bodenqualität.

Ganz blöd lief es mit meinem Ananas-Feld. Ich liebe Ananas über alles. Schon immer! Sie sind meine Lieblingsfrucht. Deshalb wollte ich sie anbauen. Bereits König Ferdinand von Kastilien hatte dereinst zu Christoph Kolumbus gesagt, dass er nie eine köstlichere Frucht verspeist hätte und ließ die Ananas in eigenen Gewächshäusern auf den Kanaren und in Andalusien für sich züchten. Ich wollte ihm nacheifern und pflanzte 300 Ananas-Setzlinge. Doch kurz vor der Ernte fraß das Hausschwein von Sasa Lafortune alle Früchte auf. Ich war total am Boden zerstört. Heute, mit meinen Riesenschildkröten, wäre ein Ananas-Feld auch nicht mehr machbar. Die würden sich ebenfalls auf die süßen Früchte stürzen und sie vertilgen. Aber damals war ich stinksauer auf dieses verdammte Schwein und hätte es am liebsten abgestochen! Bei den Mahagoni-Bäumen sagten die Gärtner, dass diese niemals auf Moyenne gedeihen könnten. Mir leuchtete das nicht ein. Ich wollte es einfach ausprobieren und kaufte zum experimentieren einfach auf volles Risiko fünfzig Pflanzen. Und siehe da: Der Mahagoni gedieh hier wider allen Unkenrufen einfach nur prächtig! Von befreundeten Botanikern erhielten wir ein ganz besonderes Geschenk, nämlich ein Dutzend junge Setzlinge eines Eisenholzbaumes (Bois de fer). Vor der Kolonisierung wuchsen ganze Wälder dieses harten, wertvollen Baumes auf Mahe. Doch diese Wälder wurden für den Bau von Häusern, Schiffen oder Möbeln fast komplett abgeholzt oder mussten mit dem Aufkommen der Sklaverei Kokospalmen-Plantagen weichen. Heute gibt es auf ganz Mahe nur noch zwölf ausgewachsene Eisenholzbäume, von denen nur einer Samen produziert. Um so glücklicher war ich, diese seltenen Bäume für mein Arboretum auf Moyenne geschenkt zu bekommen. Ganz vorsichtig pflanzten wir die kleinen Bäumchen an den geeigneten Stellen aus und benetzten den umliegenden Boden mit etwas Bier als Glücksbringer. Nach einigen Monaten kam ein junger Ranger vom Nationalpark zu uns nach Moyenne, um nach den Eisenholzbäumen zu schauen. Der meinte zu mir erstaunt: „Hier gibt es nirgendwo Eisenholzbäume! Bei diesen jungen Pflanzen handelt es sich um Bois de nattes." Nun fiel ich aus allen Wolken. Ich rief beim Chef-Botaniker von Mahe an und der kam auf die Insel und bestätigte, dass ich hier nicht Bois de fer, sonder tatsächlich Bois de nattes gepflanzt hatte. Nicht weiter schlimm, denn Bois de nattes (es gibt keine deutsche Bezeichnung!) ist beinahe so selten wie der Eisenholzbaum. Weil sich die Samen und Keimlinge stark ähneln, kam es wohl zu der Verwechslung Zum Trost erhielt ich doch noch einige junge Eisenholzbaum-Setzlinge aus den Beständen des Chef Botanikers von Mahes Botanischen Garten und so wuchsen nun zwei seltene Baum-Arten auf Moyenne.

Natürlich trieb mich auch der Ehrgeiz an, auf Moyenne die weltbekannte Coco de Mer zu züchten. Über Beziehungen erhielt ich aus Praslin eine Box mit zehn Nüssen, aus denen jeweils etwas heraus wuchs. Nun war ich mir nicht darüber im Klaren, ob das nun ein Spross oder eine Wurzel war, die da aus der Nuss heraus wuchs. Ich entschied mich für Spross und lag prompt falsch! Zum Glück bemerkte ich das noch rechtzeitig und grub die Nüsse wieder aus, um die Wurzel in die Erde zu drehen. Man hat aber keine Garantie, dass die Palme wächst, wo man die Nuss pflanzt. Die Wurzeln führen ein Eigenleben und es kann sein, dass der Palmenspross 20 Meter weiter wieder aus der Erde kommt. Nun, da so eine Coco de Mer teilweise bis zur Geschlechtsreife 40 Jahre braucht und eine Nuss erst in sechs bis sieben Jahren reift, würde mir eine Ernte nicht vergönnt sein. Das war mir klar. Aber vielleicht wäre René diesbezüglich glücklicher!?

Neben den Pflanzungen bastelten wir auch noch einen Hühnerstall, denn das Federvieh nervte mich total. Ich war nur an den Eiern interessiert, nicht an den Hühnern und schon gar nicht wollte ich, dass sie überall unkontrolliert herum liefen. Als wir in Victoria einen neuen, stärkeren Generator kauften, gab es einen Moment des Horrors, denn der Generator rutschte zur Seite und das Boot bekam Schlagseite. Irgendwie schafften René und ich es, uns mit unserem Gewicht auf die andere Seite des Bootes zu werfen und konnten das Kentern in letzter Sekunde verhindern. Wir schafften es glücklicher Weise noch auf die Sandbank bei Moyenne, wo uns Sasa beim Entladen tatkräftig unterstützte.

Nebelschwaden

Ein Generator läuft mit Benzin und macht gelegentlich ganz schön Qualm. Einmal, als ich illegalen Brennstoff von einem Bekannten erworben hatte, wäre mir mein Generator fast „verreckt". Moyenne wurde förmlich eingenebelt. Bei dieser Gelegenheit fiel mir auf, dass es auf den Seychellen praktisch nie Nebel gab. In all den Jahren war es vielleicht ein oder zwei mal leicht nebelig gewesen und das war überhaupt gar kein Vergleich mit dem dichten Nebel in England. Wie oft passierte es in Seaford, dass dichter Seenebel vom Meer her in die Stadt zog und man kaum die Hand vor Augen gesehen hat. Nicht nur im Winter oder Herbst, sondern auch im Frühling und im Sommer! Da gibt es diese Szene in dem Horror-Film „The Fog – Nebel des Grauens", in der eine Stadt von einer dichten Wand aus Seenebel eingehüllt wird und dann eine Art von blutrünstigen Zombies über die Einwohner her fällt. An diese Szene musste ich denken, und dies war wohl mit die Ursache für das, was dann passierte:

Denn ich sah plötzlich Nebelschwaden. Nicht dichter Seenebel, sondern eher lieblicher Herbstnebel. Die Morgensonne schickte sich bereits an, den Wasserdampf aufzulösen. Langsam konnte ich Konturen in der Landschaft erkennen. Ich lag hinter einem Busch auf einer Wiese, bewaffnet mit einem Gewehr und studierte eine Landkarte. Mir war kalt! Ich wunderte mich zwar darüber, was ich hier machte, denn ich war nicht auf Moyenne und wollte eigentlich noch eine Inventur meiner Schildkröten durchgeführt haben, aber nun musste ich mich erst einmal orientieren. Ich sah einen Fluss in der Nähe, den man aber nicht durchqueren konnte, weil seine Ufer zu steil waren. Dieses Gewässer hatte sich richtig tief in die Landschaft hinein gefressen. Aber ich sah auch eine Brücke und viele Menschen, Pferdegespanne und Autos, die sich hier an dem Engpass der

Flussquerung stauten. Mich wunderte, wie antiquiert die Autos wirkten, solche Wagen hatte ich vor fünfzig Jahren zuletzt gesehen und mich erstaunten ebenso die Pferdegespanne. Durch mein Fernrohr entdeckte ich einen jungen Mann an der Brücke, der mein Interesse weckte. Er sah aus wie Montgomery Clift, einen Filmschauspieler aus den USA, der für mich den perfekten Mann verkörperte. Ich merkte, wie sein Anblick zu einer Reaktion in meiner Hose führte. Schnell schaute ich auf die Karte, wie dieser Fluss genannt wurde. Er trug den Namen „Angerapp" und floss südwestlich der Stadt Gumbinnen durch Ostpreußen. Warum ich hier war, verstand ich nicht, aber ich ich wusste sehr wohl, dass ich Sex mit dem jungen Mann auf der Brücke haben wollte. So stürmte ich los, rief meinen Bekannten aus Victoria auf russisch zu, sie sollten mitkommen. Irgendwie waren die auch plötzlich da. Ich sah Maurice in meiner Nähe. Wir alle trugen Uniformen der Roten Armee. Als uns die Leute auf der Brücke heranstürmen sahen, breitete sich Panik aus, sie ließen alles stehen und liegen und flüchteten. Aber es gelang mir, den „Montgomery Clift Doppelgänger" doch noch zu fassen zu kriegen. Maurice und ich zerrten ihn in ein grünes Haus in der Nähe der Brücke, wo wir ihn zur Rede stellten. In dem Haus, es gehörte drei Schwestern, saß eine alte Frau in ihrem Wohnzimmer und war erschrocken, als wir hinein stürmten. Maurice erledigte sie mit einem Kopfschuss, was mich sehr verärgerte, denn das wäre nicht nötig gewesen. Laut Ausweis, den der junge Mann mit sich führte, hieß er Johannes Schwedrat, wohnte in Walterkehmen und war 1923 in Gumbinnen geboren. Er war also zwei Jahre älter als ich und wirkte trotzdem Jahrzehnte jünger. Mich verwirrte das, aber ich konnte mich mit solchen Gedanken nicht lange aufhalten. Wir mussten jetzt schnell zur Sache kommen! Maurice und ich schleppten ihn in das Schlafzimmer des Hauses, rissen ihm die Hose herunter und penetrierten ihn voller Inbrunst. Wieder staunte ich über mich selber, denn normalerweise nahm ich die Männer nicht, sondern wurde genommen. Aber Maurice und ich waren wie im Rausch. Nachdem die Tat geschehen war, nahm Maurice ein Messer und stach auf den jungen Mann ein. Ich schrie entsetzt auf. Draußen vor dem Haus hörte ich Lärm. Schüsse aus Gewehren, Schreie von Menschen. Aber ich spürte auch plötzlich eine angenehme Wärme. Als ich mich umschaute, lag ich auf meiner Couch in meinem Wohnzimmer. Ich war gar nicht 1944 in Ostpreußen. Ich war wieder in der Gegenwart auf Moyenne und endlich aus meinem Fieberwahn erwacht. Was für ein fürchterlicher Albtraum, der mich da gequält hatte. Mit Kopfschmerzen und wie benommen trat ich aus der Tür. Ich schämte mich, so einen Unsinn geträumt zu haben. Aber gleichzeitig hatte der Traum mich auch erregt. Natürlich hatte ich auch eine dunkle Seite, wie mir nun wieder bewusst geworden war.

Ratten, Seeigel und anderer Mist

Frau Emma Best, die letzte Bewohnerin von Moyenne vor mir, war eine dieser verrückten Tierliebhaberinnen. In ihrem Testament hinterließ sie die Verfügung, dass kein Tier auf der Insel getötet werden dürfte, insbesondere nicht die süßen, kleinen Buschratten. Wie kam ich dazu, solche irren Wünsche zu befolgen? Natürlich brachte ich so viele Buschratten um, wie ich nur konnte. Das Problem war, sie dingfest zu machen. Diese Biester waren so was von intelligent. Wenn sie z.B. ein zerbrechliches Ei meiner Hühner abtransportieren wollten, legte sich eine Ratte auf den Rücken und hielt das Ei mit ihren Pfoten fest, währen die andere Ratte sie an ihrem Schwanz fortschleifte. Ich war richtig empört über diese Tricks der Ratten und wurde immer wütender, je mehr ich beobachtete, wie sie sich verhielten. Als ich einmal eine Flasche Öl versehentlich geöffnet auf dem Tisch hatte stehen lassen und zurück kehrte, sah ich, wie eines dieser Biester den Schwanz in die Flasche herab ließ, ihn in dem Öl eintauchte, ihn raus zog und ableckte. Ihre Zähne waren so stark, dass sie sogar die harten Kokosnuss-Schalen durchbeißen konnten, um an das weiße Fleisch und die Milch zu kommen. Einige der Viecher nagten sich sogar durch die Türe meiner Vorratskammer und fielen über mein Brot und den Käse her. Mir blieb nichts anderes übrig, als die Türe mit Eisenbeschlägen zu verstärken. Mit Gift kamen wir ihnen gar nicht bei, den Braten rochen sie sofort. Es ist ein ewiger Kampf mit ihnen. Ich könnte zwar mit Katzen gegen sie vorgehen, aber die würden auch die einheimischen Vögel und die Schildkrötenbabys töten. Als einziges wirksames Mittel erwiesen sich Fallen mit Stromspannung. Da liefen sie rein, es blitzte und funkte und sie wurden gegrillt. Zum Glück sah Emma Best das nicht! Vielleicht waren es zu ihrer Zeit auch nicht so viele Plagegeister, aber ich wurde neben den Ratten auch noch von Eidechsen und Spinnen terrorisiert. Fliegen nervten sowieso! Mücken auch. Nur gut, dass die Malaria auf den Seychellen seit langem als ausgerottet galt. Aber all diese Tiere waren eher lästig als wirklich gefährlich. Das eigentliche Risiko lauerte im Meer. Ich meine jetzt nicht irgendwelche Haie, sondern die Seeigel und messerscharfe Muscheln. Einmal sprang ein Besucher direkt vom Boot in einen Seeigel hinein und er musste umgehend nach Victoria ins Krankenhaus gebracht werden, um die Wunde nähen zu lassen und mit Antibiotika behandelt zu werden. Wenn Einheimischen das passiert, gehen sie wie folgt vor: Sie schneiden die schwarzen Stacheln der Seeigel bis dahin ab, wo sie in die Haut eingedrungen sind. Dann verbinden sie die Stelle. Nach einigen Tagen sinken die Stachelteile, die im Fleisch stecken, in den menschlichen Körper ein und werden dort abgebaut.

Ich persönlich habe immer mehrere Flaschen Essig als Desinfektionsmittel in der Hausapotheke, denn Essig auf den Wunden macht die Haut geschmeidiger und lindert die Schmerzen. Jedoch sollte man ihn nur ein bis zwei Stunden nutzen, weil sich sonst die Haut total verfärbt und man für Wochen mit hässlichen Flecken herum laufen muss. Mich besuchte mal ein amerikanischer Meeresbiologe namens Tom Ebert für fünf Wochen auf Moyenne. Der hatte das Pech und trat direkt am ersten Tag auf einen Seeigel. Nun, ich brauchte zwei Flaschen Essig und Tom Ebert saß sechs Tage auf meiner Veranda fest, bis er sich erholte. Immerhin konnte er in seiner Zwangspause seine Unterlagen weiter bearbeiten und war nicht völlig arbeitslos. Wenn schon Meeresbiologen solche Unglücke passieren, dann freute ich mich über jeden Monat, den ich verschont blieb. Ich bat Besucher stets, mir ihre alten Schuhe auf Moyenne zu belassen. Ich ging nämlich immer nur mit Schuhen ins Wasser. Salz und Sonne ließen aber jedes Exemplar Schuhe schnell kaputt gehen und so nutze ich immer welche meiner Besucher. Da ich mit der gängigen Schuhgröße 43 gesegnet war (so konnte ich auch Schuhe Größe 42 bis 45 locker anziehen!) und überwiegend von Männern aufgesucht wurde, wuchs mein Vorrat an alten Galoschen schneller als mein Verbrauch.

Wenn ich so darüber nachdenke, bin ich echt stolz darauf, was Robinson und Freitag auf den Seychellen im ersten Jahr alles geschafft hatten: Der Rundweg war gerodet, das Plateau für das Fertighaus in den Hang gegraben, der Schuppen halbwegs wohnlich hergerichtet, ein Generator herbei geschafft, ein Boot gekauft und 2500 Palmen gepflanzt. Nun, ich wurde nicht jünger. Dr. Friedrich

Ritter, der berühmte deutsche Galapagos-Robinson, hatte sich gewünscht, zwanzig Jahre jünger zu sein. Natürlich wäre ich auch gerne zwanzig Jahre jünger gewesen, aber mir half ja René alias Freitag. Und mir halfen manchmal auch Freunde und Bekannte wie Tim Willing und Sasa. Alleine hätte ich das nicht geschafft. Mir war aber klar, dass ich meinen anfänglichen Enthusiasmus nutzen musste, um so viel wie möglich zu schaffen, bevor mich das tropische Klima faul werden ließ!

Nachdem das erste Schiff mit meinen Bauteilen im Sturm bei den Andamanen gesunken war, traf drei Monate später die Ersatzladung mit dem Schiff „Tropical Queen" in Mahe ein. Diesmal war nicht nur mein Haus mit an Bord, sondern die Teile für acht weitere Häuser und ein Schulgebäude. Nach einem Monat, am 10. September, landete der Ponton mit den den Bauteilen auf Moyenne. Klar war ich total aufgeregt, als ich die vielen durchnummerierten Bretter, das verzinkte Wellblech und die Asbestteile und Rohre dort sah. Dr. Friedrich Ritter hatte bei seiner Auswanderung nach Galapagos in den 1930 Jahren auch Wellbleche für sein Dach mitgenommen, störte sich aber später an dem Lärm, den die prasselnden Regentropfen auf dem Wellblech erzeugten. In der Tat kann ein Wellblechdach sehr laut werden, doch es ist unschlagbar billig. Damit muss man eben leben. Eine Lösung kann sein, Folie über das Dach zu spannen, doch ich verzichtete aus ästhetischen Gründen darauf und redete mir den Sound der Regentropfen als Musik des Himmels schön. René und ich mussten die Einzelteile des Hauses selber vom Strand zum Bauplatz hoch schleppen. Denn im Vertrag war nur die Anlandung enthalten, nicht der Transport zum Bauplatz. Darüber war ich hochgradig verärgert. Mit dem Schiff „Tropical Queen" waren sieben malaysische Arbeiter chinesischer Herkunft gereist, die nun eine Baustelle nach der anderen begannen abzuarbeiten. Sie brauchten pro Haus ungefähr eine bis zwei Wochen. Nachdem ich alle Bauteile zum Bauplatz gebracht hatte, tauchten diese Arbeiter drei Tage später auf Moyenne auf. Ich war skeptisch bezüglich des ganzen Baus, denn ich hatte gedacht, ein Fertighaus sei viel fertiger. In meiner Vorstellung wurden große, vorgefertigte Teile schnell zusammen montiert und in einem, spätestens zwei Tagen würde das Haus errichtet sein. Dem war aber nicht so!

Die Arbeiter machten sich in 12 Stunden-Schichten (von 7 Uhr morgens bis 7 Uhr abends) ans Werk. Innerhalb einer Woche stand das Haus. Blöd nur, dass weder der Elektriker noch der Installateur mit dieser Geschwindigkeit Schritt hielten. Ich hatte aber ein funktionsfähiges Haus bestellt, in dem ich duschen, auf die Toilette gehen und das Licht anmachen konnte. Ich wollte sehen, dass das alles wirklich funktioniert, bevor ich die Abschlussrate, immerhin ein Drittel des vereinbarten Preises, überwies. Ich sagte zu Sunny Khan, dem Chef der Fertighaus-Firma, dass ich auch kein neues Auto ohne Motor kaufen würde, er solle also dafür sorgen, dass das Fertighaus auch wirklich fertig ist. Nach einer weiteren dramatischen Woche, die einen Hausbrand, einen Rohrbruch und einen Nervenzusammenbruch meinerseits beinhaltete, stand das Haus funktionstüchtig da. Ich überwies Sunny das Geld, dankte den chinesisch-malaysischen Arbeitern aus vollem Herzen und atmete auf, dass nun Ruhe und Frieden auf Moyenne eintraten. Das mit Hilfe des Generators erzeugte elektrische Licht wirkte in den ersten Tagen unpersönlich und kalt auf mich. Aber René und ich waren trotzdem froh, die qualmenden Kerosin-Lampen nicht mehr nutzen zu müssen. Wie es halt immer so ist: Erst nach einigen Wochen in dem Haus, als der Stress endlich verflogen war, konnte ich mich wirklich an ihm erfreuen. Über Sunny musste ich all die Jahre nachdenken. Im Nachhinein tat mir mein Kampf mit ihm um die paar Pfund echt leid. Dass er sich später im Gefängnis umbringen würde, konnte ich ja damals nicht ahnen. Jedenfalls bot das Haus einen tollen Ausblick auf Round Island, die Berge von Mahe und den Hafen von Victoria. Die Lage stellte sich als ideal im Nord-West Monsun heraus. Allerdings wurde es mir im Süd-Ost-Monsun teilweise zu windig und kalt, sodass ich als Windschutz eine dichte Hecke aus Kasuarinen pflanzte.

Abbildung 11: Der Rundweg an Brendon's Haus

Moyenne als Touristenziel

Um die Umgebung des Hauses gastlicher zu gestalten, beschafften uns Freunde blühende Büsche, wie zum Beispiel Hibiskus, Frangipani und Bougainvillea. Dann orderte ich Möbel auf Mahe, denn das Haus sollte wohnlich werden. Neben dem Bett benötigten wir Stühle, eine Couch, einen Tisch, Regale. Ich hing meine Bilder aus Ostafrika, die bisher noch im Schuppen untergebracht waren, nun im Wohnzimmer auf und richtete mich ein. Nach und nach wurde alles gemütlicher und uriger. Was sich im Laufe der Jahre zeigte: Zum populärsten Raum des Hauses wurde die überdachte Veranda. Hier spielte sich das ganze Leben ab. Wie gut, dass ich darauf bestanden hatte, denn im Standardbausatz war diese nicht enthalten. Die geringen Mehrkosten zahlten sich im Laufe der Zeit hundertfach zurück.

Die Sandbank vor Moyenne, die je nach Tide mehr oder weniger trocken fällt, wurde von den Einheimischen an den Wochenenden gerne als Platz zum picknicken genutzt. Mit der Eröffnung des St. Annes Marine National Park kamen auch immer mehr Touristen unterhalb der Woche, die sich ein Boot mieteten und nun um Moyenne herum fuhren. Die Strände auf den Seychellen sind eine „Public Domain", d.h. jeder darf sie zu jeder Zeit betreten. Aber jenseits der Hochwassermarke ist Moyenne privates Eigentum. Hier bedarf der Zutritt meiner Erlaubnis! Doch das interessierte die Leute rein gar nicht. Immer bei Hochwasser landeten Scharen von Picknickern und Touristen „illegal" auf der Insel. Einmal an Land wurden sie neugierig und begannen alles zu erforschen. Einige erwischten wir auch im Haus. Wir verlangten nun zur Abschreckung ein „Eintrittsgeld" von einem Pfund, was sich auch damals eigentlich jeder leisten konnte, doch die Leute weigerten sich eine solche Gebühr zu bezahlen. Damals gab es erst zwei Glasboden-Boote, die über das Riff zwischen Moyenne, Round Island und St. Anne Island fuhren. Der Tourismus befand sich noch in den Kinderschuhen. Aber schon bekam ich die ersten vereinzelten Anfragen, ob ich nicht gegen Geld Besuchergruppen, zum Beispiel vom Kreuzfahrtschiff „Queen Elizabeth II", auf meine Insel lassen würde. Die alten Piraten-Gräber, die Geschichte von Emma Best und der Korallen Strand wären „Sehenswürdigkeiten", an denen sich die Touristen erfreuen könnten. Ich stimmte dem zu, denn ich dachte hierbei in erster Linie an René, der inzwischen dank meiner Hilfe gut Englisch sprach. Er könnte die Touristen führen und das Geld verdienen. Es sprach sich in Victoria herum, dass ich bereit war, Moyenne zu öffnen und schon bald kontaktierte mich der Tourismusminister der Seychellen und überredete mich, eine offizielle Lizenz zu beantragen. Der Tourismus wäre die Zukunftsindustrie der Seychellen und würde eine nachhaltige Entwicklung nicht ausschließen, wenn man die Sache richtig angehen würde. Zu der Zeit wurden auf Mahe, insbesondere am Beau Vallon Bach, die ersten großen Hotel-Komplexe hoch gezogen. Ich beantragte also die Lizenz und erhielt diese am 29. Juni 1975, zwei Tage nach meinem 50. Geburtstag. Nun war ich also legal und konnte die ersten Besucher empfangen. Dass diese im Laufe der kommenden Jahre so zahlreich sein würden und eine ergiebige Geldquelle damit erschlossen war, ahnte ich seinerzeit noch nicht! Kaum besaß ich die Lizenz, meldete sich schon die erste Agentur aus Victoria, „Leons Tour", die mir gegen Bezahlung täglich Touristen schickte. Ich fragte Madame, ob sie bereit wäre, für Touristen zu kochen. Madame freute sich, selber etwas verdienen zu können und flugs stand sie mit ihrer ältesten Tochter Marie France bereit, täglich ca. 30 bis 40 Touristen zu bekochen. René und ich zimmerten ein paar Tische zusammen, stellten leere Rumfässer auf, bauten aus Steinen in Windeseile eine feste Küche und einen Verkaufstresen und nannten die Bar „Jolly Roger Bar". Das ganze sollte eine Piraten-Atmosphäre ausstrahlen. Die Tische waren nicht überdacht, was die etwas urige Stimmung unterstützte. Wir wollten Moyenne nicht mit einem riesigen Wellblechdach verschandeln. Das hätte vom Meer aus keinen schönen Anblick geboten. Stattdessen gaben Bäume Schatten. Jedoch erwies sich diese Entscheidung an windigen und regnerischen Tagen als weniger gut! Der Jolly Roger oder auch Totenkopfflagge genannt, ist die schwarze Flagge von Piratenschiffen mit dem Schädel und den zwei gekreuzten Knochen. Wir wollten Moyenne als Piraten- und Schatzinsel vermarkten. Das lag ja nun nahe, denn zwei Piratengräber existierten ja tatsächlich und einen Schatz sollte es gerüchteweise geben. Das Thema Piraten interessierte mich ohnehin sehr. Immer schon! Weil die Piraten schwule Helden waren und ich brauchte Vorbilder in einer homophoben Welt. Darum verschlang ich schon als Kind in England Piratengeschichten.

Sodom und Gomorrha hießen die biblischen Städte der Sünde, denn ihre Einwohner hatten laut dem 1. Buch Mose gravierende Perversionen begangen. Gott bestrafte sie dafür mit Feuer und Schwefel, welches vom Himmel regnete. Und in der Tat fürchteten abergläubische Seeleute bis ins 19. Jahrhundert hinein den Unwillen höherer Mächte bei der Praktizierung von schwulem Sex. Die Kapitäne predigten Bibeltreue gegen die Sünden, hielten sich aber meistens selber gar nicht daran. Sodom und Gomorrha gingen am zweiten Montag im August unter und so hatten viele Schiffsbesatzungen diesen Tag als festes Datum in ihrem Kalender notiert. Man lag dann nach Möglichkeit im sicheren Hafen!

Die Schiffe der Piraten in der Karibik, die den Union Jack gegen den „Jolly Roger", die Totenkopfflagge der Freubeuter und den Namensgeber meiner Bar, austauschten, scherten sich nicht um diesen dummen Aberglauben. Im Gegenteil: Schwuler Sex war bei den Piraten ganz normal und gar nicht der Rede wert. Man empfand das gar nicht als Problem. Die Piraten rekrutierten sich aus heimatlosen Jugendlichen, vorwiegend aus England. Dieser Abschaum der Gesellschaft fand Freundschaft und Zuneigung oft nur unter Gleichgesinnten und wurde in seiner eigenen Subkultur sozialisiert. Für diese jungen Männer erschien es völlig normal, den ersten sexuellen Kontakt untereinander zu erleben, denn die heterosexuelle Welt in den bürgerlichen Häusern und Haushalten war für sie versperrt. So blieb für diese Jugendlichen im 17. Jahrhundert, die weder lesen noch schreiben konnten und die Bibel nicht verstanden bzw. weil sie nie in die Kirche gingen auch nichts davon wussten, der schwule Sex der einzige Sex und der beste Sex. Kostenlos, überall verfügbar und sehr abwechslungsreich mit vielen unterschiedlichen Partnern. Weil England sich gerade in dieser Epoche zur größten Seefahrernation der Erde entwickelte, fanden viele der jungen Männer eine Beschäftigung als Matrose. Die Freiheiten der Meere, fremde Länder und Reichtümer lockten. Da diese Männer keine sozialen Verbindungen verlieren konnten, schien ein Job unter Seeleuten für sie attraktiv zu sein. Hier konnten sie eine Art Ersatzfamilie unter Gleichen finden, Homosex natürlich inklusive! Gerüchte machten im Londoner Hafen die Runde, von Piraten in der Karibik auf Jagd nach spanischem Gold, die zu unermesslichen Reichtum gekommen waren und Schätze versteckt hatten.

Die Piraten lebten in einer geschlossenen Männergesellschaft und mussten sich stets wegen der Verfolgung durch Kriegsschiffe versteckt halten. Für sie gab es keine Bordelle im Hafen, keine Besuche in Kneipen oder sonstige legalen Amüsements. Denn wo diese Zerstreuungen geboten wurden, da wartete auch schon der Galgen oder das Fallbeil auf sie. Die Situation war mit der vergleichbar, wie sie heute in Haftanstalten herrscht. Mindestens ein Drittel der langjährigen Insassen haben Geschlechtsverkehr mit anderen Männern. Denn die Alternative wäre gar kein Sex. Und so wird Homosexualität zur Normalität. Wer mich genau kennt, der weiß schon, warum ich meine Bar „Jolly Roger Bar" nannte. Es ist eine Homage an die homophile Männerwelt der Karibik-Piraten, die sich auch hier in den Indischen Ozean verbreitete. Da nenne ich zum Beispiel den schwulen Piratenkapitän Oliver Le Vasseur, der Gerüchten zufolge einen riesigen Schatz auf den Seychellen versteckt hat, möglicherweise auf Moyenne.

Am 26. April 1720 legte im Indischen Ozean im Hafen von Saint-Denis auf der französischen Insel Bourbon (heute: La Réunion) die „Nossa Senhora do Cabo e Sao Pedro" an. Das portugiesische Schiff war mit 72 Kanonen ausgerüstet. Geladen hatte es Diamanten, kostbaren Schmuck, Silber- und Goldbarren, Perlen, Gewürze und Edelsteine. Die ganze wertvolle Fracht soll nach heutigen Maßstäben Milliarden an Dollar wert gewesen sein. So soll sich unter den unzähligen Kostbarkeiten auch das so genannte „Goldene Kreuz von Goa" befunden haben, welches über hundert Kilo wog und aus reinstem Gold bestand. Zu den Passagieren des Schiffs zählten der Vize-König von Portugiesisch-Indien, ein Erzbischof und mehrere Adelige. Während an der „Nossa Senhora do Cabo e Sao Pedro" Reparaturarbeiten durchgeführt wurden, eroberten die Piraten John Taylor und Oliver Le Vasseur das Schiff. Es war nicht der einzige erfolgreiche Beutezug der beiden schwulen Freunde im Indischen Ozean. Gemeinsam überfielen sie zahlreiche Schiffe vor Madagaskar und auf der Insel Bourbon, nachdem Le Vasseur sich wegen des steigenden Verfolgungsdrucks aus der Karibik abgesetzt hatte. Le

Vasseur wurde 1685 in Nordfrankreich geboren und gehörte mit anderen legendären Seeräubern wie Blackbeard zur berühmt-berüchtigten „Republik der Piraten" auf den Bahamas, die von 1706 bis 1718 dort existierte. Weil er mit seinen Schiffen enorm schnell unterwegs war, erhielt der Franzose den Beinamen „La Buse" („Der Bussard"). Neben Handelsschiffen griffen die Piraten in der Karibik auch die spanische „Silberflotte" und sogar Städte an. Als die Jagd auf die Piraten intensiviert wurde, fuhr Le Vasseur erst in den Golf von Guinea (Westafrika), dann in den Indischen Ozean. Dort machte er mit Taylor gemeinsame Sache. Im Bett und auch beim Beutezug. Diese beiden Piratenkapitäne waren das blutrünstigste schwule Paar in der Geschichte der Weltmeere! Nachdem sich die Wege der Seeräuber 1722 nach einem Streit aufgrund einer Liebesaffäre von „La Buse" mit einem schwarzen Schiffsjungen getrennt hatten, lebte Oliver Le Vasseur auf der Insel Sainte Marie vor der Ostküste Madagaskars. Dort ging er halbherzig auf ein Amnestieangebot ein, das Frankreichs König und der Gouverneur der Insel Bourbon den Piraten machten. Le Vasseur versprach, nie mehr als Seeräuber die Meere zu besegeln. Die andere Bedingung für eine Amnestie, die Umsiedlung auf die Insel Bourbon, erfüllte er jedoch nicht. Diese Entscheidung wurde ihm allerdings 1729 zum Verhängnis. Le Vasseur arbeitete damals als Lotse in der Bucht von Antongil auf Madagaskar. Als er das Schiff „La Méduse" der französischen ostindischen Kompanie betrat, erkannte ihn der Kapitän und nahm ihn gefangen. Auf der Insel Bourbon kam er in Fußfesseln vor den Richter. Der frühere Pirat verweigerte eine Aussage, wurde zum Tode verurteilt und am 7. Juli 1730 zum Galgen geführt. Seither ranken sich Legenden um den Schatz von „La Buse". Auf dem Weg zu seiner Hinrichtung führten Wachleute Le Vasseur über eine Brücke. Beim Blick auf den Bach soll der Todgeweihte gesagt haben: „Mit dem, was ich hier versteckt habe, könnte ich die ganze Insel kaufen." Als er schließlich vor dem Galgen stand, rief er: „Ihr wollt den Schatz? Den könnt ihr haben, sucht ihn doch. Irgendwo habe ich den größten Schatz der Welt versteckt." Dann warf er ein Papier in die Menschenmenge und rief: „Mein Schatz demjenigen, der das versteht." Er hatte ein verschlüsseltes Kryptogramm in die Menge geworfen, und seither versuchen Schatzsucher das Rätsel zu lösen. Wie gesagt, einige vermuten den Schatz auf Moyenne und wir vermarkten jetzt das Eiland Moyenne als „Schatz- und Pirateninsel", das den *„Schatz der Seychellen"* versteckt hält für diejenigen, die materialistisch sind und welches selber der *„Schatz der Seychellen"* ist für diejenigen, die eine herrliche tropische Insel für eine immaterielle Kostbarkeit erachten. La Buse und Taylor waren in meinen Augen jedenfalls die Prototypen eines Lebensentwurfes: Sie sahen sich nicht in Konkurrenz zu Männern mit heterosexueller Orientierung. Sie hätten vermutlich darüber gelacht, wenn man ihnen versucht hätte zu erzählen, dass Homosexualität mangelnde Männlichkeit bedeuten würde. Waren sie nicht selber der lebende Beweis des Gegenteils?

Wie dem auch sei, man könnte die Seychellen vor diesem Hintergrund auch getrost Gaychellen nennen, aber das ist nur ein Scherz. Kein Scherz war es, dass wir für die Vermarktung auch zwei Toiletten errichten mussten, was eigentlich das größte Problem darstellte. Hierzu kauften wir einen weiteren Tank und schlossen die Toiletten daran an. Ferner bauten wir eine riesige Sickergrube, die alle Fäkalien problemlos aufnehmen konnte. Wir selber benutzen für „kleinere Geschäfte" gar nicht mehr unsere Klos, um das Wasser für die Touristen zu sparen. Wir pinkelten ins Meer, was laut eines befreundeten Biologen völlig unbedenklich für die Umwelt war, da der Urin steril ist und keine Keime in bedenklicher Konzentration enthält. Übrigens pinkeln auch alle Fische ins Meer, wie mir der Biologe sagte. Das war eine neue Erkenntnis für mich, darüber hatte ich mir zuvor noch nie Gedanken drüber gemacht!

Man soll sich ja vor Pauschalurteilen fremden Reisenden gegenüber hüten. Letztlich mochte ich meine Gäste ja irgendwie alle und die Verständigung klappte mit Händen und Füßen immer. Aber es gab schon offenkundige Unterschiede zwischen den Nationalitäten. Unsere erste große Gruppe, die wir zum Mittagessen empfingen, waren zwanzig Spanier. Das ist mir noch lebhaft in Erinnerung, weil ich natürlich kein Wort Spanisch konnte. Aber es ging schon, weil die Leute das verstanden. Da waren die Franzosen ganz anders drauf. Sie bestanden unerbittlich und teilweise recht aggressiv darauf, dass man mit Ihnen französisch zu sprechen hatte! Immer wieder schallte es „francais, francais" aus irgendwelchen Gruppen. Selbst einmal, als 30 Engländer und zwei Franzosen eine Gruppe bildeten, sagten die beiden Franzosen zu mir: „francais, francais!" Ich mühte mich ab, und das ganze hielt den Betrieb auf. Richtig wütend wurde ich, als mich der Franzose anschließend in sehr gutem Englisch fragte, wo der Weg zum WC sei. Ich war fassungslos. Offenbar ist die Sprache für die Franzosen eine Art Fetisch, ein Bollwerk. In einer Welt, die immer mehr mit Anglizismen lebt, wollen sie nicht marginalisiert werden. Die Italiener machten den meisten Lärm, die Japaner verhielten sich am ruhigsten, die Deutschen aßen das meiste und Briten und Amerikaner weigerten sich, die kreolischen Gerichte zu verspeisen. Für sie sollten es Fish und Chips oder Hamburger und Pommes sein. Wir bemühten uns redlich, aber Madame war eben kein McDonalds. Trotzdem erwies sich die Jolly Roger Bar von Beginn an als Goldgrube, insbesondere auch durch den Verkauf von Getränken.

Am Hang hatten wir drei kleine Bungalows errichtet, es waren eher primitive Hütten, die wir als „Guesthouse" vermieteten. So kamen manchmal interessante Leute für länger zu Besuch und wir konnten zusätzliches Geld verdienen. Wir mussten Geld verdienen, fürs Essen, für die Energie und Arztrechnungen. Ganz so autark wie Robinson Crusoe und Freitag funktionierte es auf Moyenne eben doch nicht! Zu Beginn machte ich noch selber Führungen. Dabei gab es das Problem, dass mich die hinteren Besucher in der Reihe nicht verstanden, während die ersten in der Reihe schon weiter strebten. Daher stellte ich überall Schilder auf, die selbst erklärend waren. So konnten die Touristen die Insel in ihrem eigenen Tempo alleine erkunden und ich sparte mir die Mühe. Wir druckten auch Broschüren in verschiedenen Sprachen mit einer Karte des Wegenetzes und so funktionierte die Sache mit den Besuchern dann doch erstaunlich gut. Große Beliebtheit bei den Gästen erfreuten sich meine frei umher laufenden Riesenschildkröten, denn so etwas kannten die Touristen in in der Regel nicht. Da sie aus wesentlich kälteren Klimaten kamen, glaubten sie uns nicht, dass wir zur Zeit des Süd-Ost-Monsun froren. Sie hielten das für einen Scherz. Wie kann jemand bei über 25 Grad frieren, während es in Europa schneit und stürmt? Erst als René und ich ihnen unsere Gänsehaut zeigten, glaubten sie das staunend! Zum Glück wurden die Seychellen von Naturkatastrophen größeren Ausmaßes bisher regelmäßig verschont. Die tropischen Zyklone drehen in der Regel rechtzeitig vor dem Erreichen unserer Inselgruppe südwärts in Richtung Mauritius ab. Nur als der Vulkan Krakatau im Jahr 1883 in Indonesien explodierte und ein Tsunami über den Indischen Ozean raste, soll es an der Küste der Seychellen größere Schäden gegeben haben. Aber das ist über hundert Jahre her!

Das Jahr der Kardinal-Vögel

Einer der prachtvoll gefärbten Vögel der Seychellen – allerdings sind nur die Männchen so bunt – ist der Madagaskar-Kardinalsvogel oder Fody. Er ist einer der häufigsten Landvögel der Granitinseln. Lange Zeit dachte man, dass er auf den Seychellen eingeführt ist. Da sich Biologen und Tierfreunde in der Regel für die natürlich vorkommende oder endemische Flora und Fauna interessieren, minderte diese Ansicht sozusagen den „Wert" der Beobachtungen des Fodys. Einen eingeschleppten „Fremdling" zu bewundern - so schön er auch ist – wird oft als weniger „wertvoll" empfunden. Und das, obwohl sich kaum ein anderer Vogel der Seychellen in der Farbenpracht mit ihm messen kann. Die Touristen zücken heutzutage ihre Video-Kameras, wenn wir die roten Männchen und braunen Weibchen füttern. Sie glauben uns nicht wirklich, wenn wir erzählen, dass die Insel zwanzig Jahre zuvor vollkommen wasserlos gewesen ist und sich keinerlei Landvögel hier ansiedeln konnten. Der einzige Vogel den es gab war ein alter Turmfalke, der sich auf unsere Hühner-Küken stürzte und sie verspeiste. Im Frühjahr 1975 fingen René und ich ein gutes Dutzend Kardinal-Vögel auf der Insel Cerf ein und setzten sie auf Moyenne aus. Sie flogen sofort zurück nach Cerf. Also fuhren wir nochmal nach Cerf und fingen weitere Vögel ein. Die ließen wir aber nicht sofort frei, sondern fütterten sie in ihren Käfigen eine Woche lang mit Brot, Keksen, Reis und Milch. Wir hatten die Hoffnung, sie würden sich an Moyenne gewöhnen und bleiben. Aber weit gefehlt: Kaum ließen wir sie frei, flatterten sie wieder davon. Uns wurde somit klar, dass 1975 mit Sicherheit nicht unser „Kardinalsjahr" sein würde. Und dann, einige Wochen später, hörte René ihr typisches Gezwitscher in den Bäumen. Wir streuten einige Brösel von Brot auf die Wege und siehe da: Zehn Kardinal-Vögel hatten Moyenne besiedelt. Heute leben hier ca. 500 Kardinäle, 300 Schildkröten-Tauben, 100 Wald-Tauben und einige Eulen sowie Kolibris. Im Jahr 1975 startete auch unser Riesenschildkröten-Zuchtprogramm. Unsere älteste Schildkröte benannte ich Derek nach meinem Patenkind. Aktuell zähle ich ungefähr vierzig freilebende Schildkröten, denen wir allesamt einen eigenen Namen und Nummern gegeben haben. Die Nummern haben wir auf den Panzer mit Farbe gemalt, damit wir den Überblick behalten. Wenn sie wollen, können sie sehr schnell sein und die Insel an nur einem Tag durchqueren. Sie dürfen überall hin, nur nicht in den Bereich der Jolly Roger Bar. Die Besucher würden die Tiere dort mit Essen füttern, welches sie nicht vertragen. Die Tiere sind zu kostbar, um auch nur eines durch eine Fütterung mit Pommes und Ketchup krank werden zu lassen. Die meisten Touristen glauben, dass Riesenschildkröten uralt werden. Derek wurde in Zeitungsartikeln für 150 Jahre alt erklärt. Das ist natürlich vollkommener Quatsch. Die meisten Riesenschildkröten werden kaum so alt wie Menschen. Klar lassen einige die Hundert-Jahr-Marke deutlich hinter sich, doch das sind Ausnahmen. Welcher Zoo in Amerika oder den USA hat denn so alte Exemplare? Keiner! Auf die Frage, wie schwer Derek denn ist, antworte ich regelmäßig mit „drei Säcke Zement". Ich habe aber gar keine Ahnung wie schwer er tatsächlich ist. Vor fünfzehn Jahren bedurfte es sieben Männer, um ihn hoch zu heben. Heute bräuchten wir bestimmt die doppelte Anzahl Männer dafür!

Weniger Sympathie als für unsre Schildkröten brachte ich für die afrikanischen Landschnecken auf, die unsere Jungpflanzen wegfraßen. In einer Woche alleine sammelten wir 1600 Stück von ihnen ein und versenkten sie im Meer. Wo auch sonst!? Damals ahnte ich nicht, dass dieselbe Art von Schnecken in den Feinschmecker-Restaurants von

Mahe und Praslin in Kräuterbutter und Burgunder Sauce serviert wurde. Wir hätten die Restaurants frisch beliefern können!

Nachts wurden wir oft geweckt, weil Flughunde Mangos auf unser Wellblechdach warfen. Sie kamen von Mahe und steuerten direkt unsere Bäume an. Sie fraßen achtzig Prozent unserer Früchte auf. Abschießen konnten wir sie wegen der Dunkelheit aber leider nicht! Netze über die Früchte zu spannen nützte auch nichts, die bissen sie einfach durch. Auf Mahe werden Flughunde als Delikatesse mit Curry gegessen. Ich konnte mich aber nicht dazu überwinden, Flughunde zu essen, denn ihre Anatomie gleicht der eines kleinen Menschen-Babys. Da spielt mein Kopfkino nicht mit, ich kann das nicht tun! Robinson ist schließlich kein Kannibale!

Durch den Einstieg in das Tourismus-Geschäft mussten wir unsere Freizeit am Wochenende, d.h. die samstäglichen Besuche in Victoria im Kino oder im Sportstadion, nun opfern. Denn am Wochenende ist die Hauptzeit für Touristen. René erfüllte die Wünsche seiner Mutter, der Madame, und lernte auf Moyenne eine junge Besucherin namens Florita Charles kennen, die er am 01. Mai 1976 in der Kathedrale von Victoria heiratete. Ich war darüber nicht gerade begeistert! Klar war ich eifersüchtig! Wie sollte es auch anders sein? Nach Tradition der Seychellen wurde eine riesige Feier mit vielen Gästen veranstaltet. Nach einem Jahr kam eine Tochter, Gina Renétte, zur Welt. Nach drei Jahren wurde ein Sohn geboren, Derek Antoine. Der Sohn erhielt meinen Zweitnamen Derek, was mich sehr freute. Außerdem wurde ich Patenonkel. René wollte mich mit dieser Aktion etwas besänftigen. Mit der Geburt der Kinder hatte René die Erwartungen seiner Familie und die ehelichen Pflichten erfüllt und konnte wieder mehr mit mir auf Moyenne zusammen sein. René und Florita zogen nach English River, einen Vorort von Victoria, wo Florita als Lehrerin arbeitete. Das Arrangement sah so aus, dass René Montag Morgens nach Moyenne fuhr, hier im Tourismus arbeitete und mit mir zusammen lebte, und Samstag abends nach Mahe zu seiner Familie fuhr. So konnten alle Beteiligten das Gesicht wahren und das Optimum aus der Situation machen. Ich glaube, Florita war damals noch ziemlich naiv. Ihr war ganz offensichtlich gar nicht klar, wer ihr Mann genau war. Frei nach dem Motto: Was nicht sein kann, dass nicht sein darf! Ich denke auch, dass René genervt von seiner Familie war. Er wollte das alles gar nicht, aber die Madame übte Druck auf ihn aus!

Moyenne wurde immer berühmter. Plötzlich besuchten Filmstars wie Eizabeth Taylor und Kirk Douglas die Insel und viele Musiker, wie z.B. Elvis Presley. Das stand oft nicht in der Zeitung, denn die Stars lebten immer schon zwei Leben, ein öffentliches und ein privates Leben. Ganz besonders ist mir der Besuch von Rock Hudson Ende 1975 in Erinnerung geblieben. Ich war ja schon immer ein Fan seiner Filme und bewunderten diesen großen, gutaussehenden Mann, Wir waren direkt auf einer Wellenlänge und er entpuppte sich als vollkommen unkompliziert. In Los Angeles, wo er wohnte, gab es nicht die Möglichkeit in einem tropischen Riff zu schnorcheln, also nutzte er seinen fünftägigen Aufenthalt in Moyenne dazu. René war zu der Zeit gerade auf La Digue, um an einem Seminar für „Tourismusentwicklung" teil zu nehmen, und so hatte ich mit Rock freie Bahn. Wir waren vom selben Jahrgang 1925, also gleich alt, und wir verstanden uns prächtig. Ich musste Rock mit seinem richtigen Namen Roy ansprechen, den ich ohnehin viel besser fand. Weil er so ein wichtiger Filmstar war, durfte er in meinem Haus und in meinem Bett übernachten. Ich wollte ihn nicht in den schäbigen Hütten für die Backpacker unterbringen, die wir als „Guesthouses" vermarkteten.

Roy trank genau wie ich gerne Bier. Und er schlief nicht gerne allein. So landeten wir zusammen in meinem Bett und ich muss sagen, dass es so mit das Beste war, was ich in meinem Leben bisher erlebt hatte. Über seinen Tod zehn Jahre später war ich dann natürlich sehr, sehr betroffen. Das hatte er wirklich nicht verdient!

Roy alias Rock verschaffte mir Kontakt zu einigen Wirtschaftsanwälten. Das Problem mit den Stars war folgendes: Würde sich einer von ihnen den Fuß brechen, erkranken oder gar schlimmeres auf Moyenne passieren, dann würden mich deren Anwälte auf Schadenersatz verklagen. Ich hätte das Geld nicht, müsste Moyenne verkaufen und mein Leben wäre zerstört. Was also tun. Die Lösung war, Moyenne als Vermögensgegenstand an einen Firmenmantel zu verleihen, der im Außenverhältnis eine begrenzte Haftung aufwies. Ich wäre der einzige Anteilseigner und René würde in der Geschäftsführung der der Firma sein. Sollte die Firma verklagt werden, ginge sie pleite. Doch der Leihgegenstand, die Insel Moyenne, würde an mich zurückfallen. Das hätten die vertraglichen Leasingkonditionen zwischen mir und der Firma wasserfest vereinbart. Also gründeten wir am 4. November 1975 die Maison Moyenne (Pty) Ltd. Zwei Wochen später leaste die Gesellschaft Moyenne von mir. Ich konnte wieder gut schlafen, musste nun aber Buchhaltung über alle Einnahmen und Ausgaben führen, um einen Jahresabschluss für die Gesellschaft zu erstellen und Steuern abzuführen. Natürlich frisierte ich die Bücher und gab nur etwas von einem Drittel dessen an, was wir tatsächlich verdienten.

Mit dem zunehmenden Tourismus wuchs auch die Zahl der Post, die wir bearbeiten mussten. Künftige Besucher stellten Fragen zur Anreise und zur Unterbringung bzw. zu möglichen Aktivitäten. Vergangene Besucher waren so geflasht, dass sie Weihnachtsgrüße,

Ostergrüße, Geburtstagsgrüße oder Urlaubsgrüße an mich sendeten. Einige musste ich dermaßen beeindruckt haben, dass sie mir per Post ihr Herz ausschütteten, auf Moyenne dauerhaft wohnen wollten oder versuchten mit mir eine Brieffreundschaft anzufangen. Ich war total genervt davon. Aber dieser Hype resultierte letztlich auch aufgrund der „Robinson-Zeitungsartikel" die weltweit über mich verbreitet wurden. Ich hätte es aus dem Buch *Drama auf Floreana* (im englischen Original: *Satan came to Eden*") eigentlich wissen müssen. Auch über den Galapagos-Auswanderer Dr. Friedrich Ritter wurden seinerzeit „Robinson-Zeitungsberichte" verfasst, mit der Folge, dass er vielen unliebsamen Besuch bekam. Viele Menschen leben in tristen Verhältnissen bei schlechtem Wetter und wollen ein kleines Stück vom Tropenparadies abhaben. Aber auf den tropischen Paradiesinseln ist eben nur Platz für wenige Menschen. Dr. Ritter war übrigens nebenbei bemerkt derjenige, der mich in letzter Konsequenz auf die Idee brachte, auf eine Insel auszuwandern. Von ihm hatte ich die Inspiration. Jedoch wollte ich vieles, wenn nicht alles, besser machen als er. Letztlich beantwortete ich eisern jeden Brief, auch wenn ich mich regelmäßig dazu quälen musste. Immerhin konnte ich das Briefporto dank des Firmenmantels nun steuerlich absetzen. Nach einigen Jahren kamen die Kinder von ehemaligen Besuchern nach Moyenne, um mich, Freitag und die Schildkröte Derek, die sie aus Erzählungen kannten, in der Realität zu sehen und diese wildfremden Leute erzählten mir, dass ihre Eltern den schönsten Tag in ihrem Leben auf Moyenne verbracht hatten. Also, weil das immer wieder passierte, war ich irgendwann überwältigt und sprachlos. Je älter ich wurde, desto mehr begriff ich, dass ich mit Moyenne eine perfekte Projektionsfläche für das Paradies erschaffen hatte. Das machte mich unglaublich stolz. Es gab mir Sinn im Leben und kühlte meinen Ärger über die Briefflut ab.

Neben Stars und Sternchen besuchten mich auch die Königlichen Hoheiten. Einmal sagte ich zu einem jungen Mann. Sie sehen ja aus wie „König X". Der lachte nur spöttisch und ging mit den anderen Touristen über die Insel. Dann aß er ganz normal im Jolly Rogers, stellte sich in der Reihe vor dem Klo an und knipste mit seiner billigen Kamera ein paar Schnappschüsse von seiner ihn begleitenden Freundin. Kurz bevor der Katamaran die Leute wieder abholte traf ich ihn zufällig vor meinem Haus wieder, und er grinste mich an: „König X ist mein Vater, Aber erzählen Sie es bloß niemandem weiter!". Wenn ich bedenke, dass der Junge heute der König von X ist und sich damals so völlig normal verhalten hat, dann kann ich nur sagen, dass das Land X nun einen sehr sympathischen Herrscher hat. Einmal kam auch Königin Ingrid von Dänemark mit zwei adeligen Freunden bei mir vorbei. Sie war lebhaft und lustig, aber sie rauchte meiner Meinung nach viel zu viel und nach ihrem Besuch hatte ich einen Brandfleck in der Tischdecke. Leider wurden ihre beiden netten Freunde einige Jahre später während eines gemeinsamen Urlaubs mit der Königin bei einem Autounfall im Senegal getötet. Wie kann man im Senegal nur Urlaub machen, schoss es mir durch den Kopf! Alle diese Prominenten verewigten sich im Gästebuch, welches irgendwann später nicht mehr auffindbar war. Vermutlich hat es irgendein Besucher gestohlen. Na ja, wichtig ist nicht Papier, sondern die Erinnerung in meinem Kopf!

12

Abbildung 12: Nicolas Montemolinos auf Curacao (2016)

Wilderer im Nationalpark

Während wir uns um die Entwicklung von Moyenne kümmerten, nahm auch das Tempo der Entwicklung auf Mahe richtig an Fahrt auf. Die Seychellen wurden 1976 autonome Kolonie und überall wuchsen neue Hotels in den Himmel und auch Bürokomplexe wurden hochgezogen. Der neue Hafen ging 1973 in Betrieb und viele Cargo- und Kreuzfahrtschiffe legten nun hier an. Die Zahl der Touristen stieg auf 79.000 im Jahr 1979. Mit dem Anstieg an Touristen wuchs auch deren Bedarf an Souvenirs, insbesondere an Muscheln und Korallen aus den Riffen. Die Wilderei im Meer nahm bedenkliche Ausmaße an.

Auch die Fischerei gefährdete die Bestände, vor allem die der Rochen und der Oktopusse. Der neu gegründete St. Anne Marine Park musste also überwacht werden. Hierzu baute man auf Round Island eine Wachstation, von der aus man alles im Blick haben konnte und notfalls den Zoll oder die Wasserschutzpolizei informieren konnte.

Die Seychellen waren eine kleine Welt für sich. Eine sehr kleine. Obwohl sich die Bevölkerung seit meiner Ankunft bereits verdoppelt hatte, durfte man auf einer Party nie schlecht über jemanden reden, denn der Gegenüber war mit demjenigen sicherlich verwandt, verschwägert, bekannt oder befreundet. Ja, das war schon oft ein großes Problem in dieser kleinen Welt! Kurt Buchanan, der erste Park-Wächter, kam aus Amerika und arbeitete als Freiwilliger für den Park, der damals noch kein eigenes Budget hatte. Natürlich lebte er im Wächter-Haus auf Round Island umsonst und die Ausrüstung und das Essen wurde über Spenden generiert. Was damals keiner ahnte: Sein Name war nicht echt, er hieß in Wirklichkeit Emilio Sanchez und hatte in San Antonio mehrere Prostituierte brutal erdrosselt. Er bereute die Taten, hatte sich Gott zugewandt und mit Hilfe der Heilsarmee die Gelegenheit genutzt, aus den USA zu entkommen und unter einer neuen Identität in den Seychellen sein Leben fortzusetzen. Emilio alias Kurt setzte überall Bojen aus, die die Grenzen des Meeresschutzgebietes klar kennzeichnen sollten. Die Fischer und die Wilderer aber entfernten sie oft und behaupteten, wenn die Polizei sie stellte, ihnen wäre nicht bekannt gewesen, dass sie sich in einem Naturreservat aufhielten. Nach zwei Jahren erhielt der Park offiziell Mittel von der Regierung und ein Boot mit Park Rangern begann mit täglichen Patrouillenfahrten. Kurt musste die Seychellen verlassen, nachdem Reporter ihn aufgespürt hatten und mit seiner Enttarnung drohten. Er flüchtete nach Papua Neuguinea, wo er ziemlich bald einer tropischen Krankheit erlag. Leider waren die Park Ranger nicht bewaffnet und konnten sich gegen die teilweise aggressiv auftretenden Fischer und Wilderer nicht durchsetzen. Weiterhin wurden die Riffe massiv geplündert! Die Wilderer besaßen die schnelleren Boote, verfügten über die besseren Ortskenntnisse und waren zeitlich flexibler. Es gelang nicht, sie tagsüber zu stoppen. Und nachts war überhaupt nichts gegen sie auszurichten. Da die Park Ranger zudem nur in privaten T-Shirts und ohne Uniformen unterwegs waren, wurden sie auch gar nicht als Autoritäten akzeptiert. Der ganze St. Anne Marine Park war eher ein Wunschdenken als Realität. Schiffe verletzten mit ihren riesigen Ankern das Riff, Taucher schnitten Korallen ab. Wenn ich früher auf Moyenne schnorchelte, war ich von Rochen und Oktopussen umgeben. Heute sieht man kaum mehr ein Exemplar. Das Meer ist tot. Auch die Meeresschildkröten sind Opfer der Wilderer. Früher legten unzählige Schildkröten bis zu 300 Eier im Sand von Moyenne pro Gelege ab. Im Jahr 1994 zählte ich nur noch vier Gelege auf Moyenne. Es ist so traurig, mit welcher brutalen Effizienz die Wilderer hier vorgehen. Ob es jemals wieder so sein wird wie früher?

Der letzte britische Gouverneur der Seychellen, Sir Colin Allen, besuchte mich auch einmal auf der Insel. Sein Boot hatte das Emblem einer Krone am Bug. Wie vornehm! Ich fragte ihn, ob er Angst vor Attentaten hätte. Er lachte nur und meinte, der einzige Gouverneur im Dienste der Queen, der je getötet worden sei, wäre der Gouverneur der Salomonen gewesen, nämlich als ihm eine Kokosnuss auf den Kopf gefallen sei. Nun, bei uns wäre er auch um ein Haar in die ewigen Jagdgründe geschickt worden, nämlich als René uns den Nachmittagstee servierte und dieser gar zu stark geriet. Der herzkranke Mann ließ sich nichts anmerken, verweigerte allerdings eine weitere Tasse. René war über den Vorfall maßlos betrübt. Der verpfuschte Tee wird dem armen Sir Colin wohl bis zu seinem frühen Ableben im Jahr 1993 in Erinnerung geblieben sein. Auch beim Bischof von Victoria machten wir beide keine gute Figur. Ich sagte zu ihm: „Wir sind gekommen, um in ihrer schönen kleinen Kirche zu beten!". Er verzog angesäuert die Miene und erwiderte: „Sie meinen, um in der Kathedrale zu beten!"

Im Laufe der Jahre stieg auf den Seychellen die Kriminalität. Leider auch die Gewaltkriminalität. In den letzten zwanzig Jahren wurden wir insgesamt sechs mal beraubt. Als wir an anderen Orten arbeiteten oder wir abwesend waren, kamen die Diebe. Ich setzte schon gar keine Fensterscheiben mehr ein, denn die wurden früher oder später ohnehin zerschlagen. Nachts hatte ich oft riesige Angst. Einmal, als ich alleine auf der Insel war, versuchte ein Mann mit einer Maske mir eine Plastiktüte über den Kopf zu ziehen, um mich zu ersticken, aber ich konnte mich wehren und den Täter in die Flucht schlagen. Nach diesem furchtbaren Erlebnis überlegte ich, die Seychellen zu verlassen. Aber wo sollte ich hin? Nach England wollte ich nicht mehr. Ich hätte das kalte Wetter dort nicht überlebt. Ich musste stark sein und den Mordversuch verdrängen. Irgendwann war ich mir vor lauter Verdrängung dann gar nicht mehr sicher, ob das tatsächlich so passiert war oder ich es nur geträumt hatte. Trotz allem: Es war passiert! Die Plastik-Tüte bewahre ich ja noch heute in einer geheimen Höhle unter einer Marienstatue auf und feiere jeden Jahrestag als zweiten Geburtstag.

Viermal brachen zudem in dem genannten Zeitraum von 20 Jahren Häftlinge von der benachbarten Gefängnisinsel aus. Die entwendeten aber regelmäßig nur das Boot, um damit nach Mahe zu entkommen. Sie waren also eher ungefährlich! Ein Freund von mir, der langjährige

Chef des Jacht Clubs, Kapitän August Michel und seine Frau Dorothy, wurden mitten am Tag auf Mahe in ihrer Villa in La Misere von Einbrechern brutal erschlagen. Mein Gott, was für eine furchtbare Tat! Der Ärger und die Wut über Wilderer, Mörder und Diebe setzten mir manchmal schon zu. Dunkle Wolken hingen über dem Paradies. Um sich abzulenken, spielte ich mit René gerne Domino und Karten. Aber am meisten konnte ich beim Schach entspannen. Da arbeiteten dann die Gehirnzellen und man konzentrierte sich auf das Spiel. Die Sorgen waren für einen Moment vergessen. Zuerst gewann ich natürlich immer gegen René. Später wurde er jedoch immer besser. Heute schafft er es manchmal sogar mich zu schlagen und freut sich total darüber. Auch Schwimm- und Tauchergänge im Riff mit Besuchern stellten stets eine gewünschte Abwechslung dar, insbesondere bei schönem Wetter, wenn die Sonnenstrahlen die Korallen in warmes, helles Licht tauchten. Dabei lernten wir das Riff und seine Bewohner auch jedes Mal besser kennen. Zwischen zwei Felsen in der Nähe von Long Island lebte George, eine uralte schwarz-weiß gestreifte Zebra-Moräne in seiner Höhle. Wir wunderten uns, dass er zahlreiche Mitbewohner hatte, wie Papageienfische oder Red Snapper. Diese anderen Fische waren offenbar seine Freunde. George erschien immer friedlich. Nur ein einziges Mal, als ein Tourist drei oder viermal seine Flossen anfasste, wurde er aggressiv und biss den Mann mit seinen scharfen Zähnen.

Weiße Ameisen tauchten auch ein paar Mal wieder auf, doch entdeckten wir die Biester rechtzeitig genug, bevor sie Schaden anrichten konnten. Wir entschieden uns deshalb für die chemische Keule und verspritzten zwei bis drei mal pro Jahr Rentokill in den Gebäuden. Nach diesen Spritzaktionen sahen wir keinerlei Tausendfüßler mehr. Dafür stieg aber die Zahl der schwarz-gelben

Spinnen stark an. Das störte uns nicht, denn in ihren Netzen verfingen sich die lästigen Fliegen und Mücken in Massen, also begrüßten wir diese Entwicklung!

Abbildung 13: Der Dinosaurier-Felsen am Rundweg

Eine neue Flagge

Im Jahr 1976 sprach jeder auf den Seychellen über die kommende Unabhängigkeit. Auf einmal wurde sogar der Termin dafür festgesetzt, nämlich der 29. Juni 1976. Am Tag vor der Unabhängigkeit sahen wir von Moyenne den Jumbo Jet aus London mit dem Grafen und der Gräfin von Gloucester auf dem internationalen Flughafen am Pointe La Rue einfliegen. Die Hoheiten sollten die Unabhängigkeitsfeiern von britischer Seite aus formell begleiten. Ähnlich wie der Flughafen Kai Tak in Hong Kong war auch der Flughafen der Seychellen über Korallenbänken im Meer aufgeschüttet worden, d.h. er war durch die kostspielige Einbringung von Material in das Meer im Rahmen einer Neulandgewinnung entstanden. Es gab keine natürliche Ebene auf Mahe, auf der man ansonsten eine Landebahn hätte bauen können. Das unterschied den Seychellen-Airport von dem auf Mauritius, der einfach in die Zuckerrohrfelder auf dieser doch sehr flachen Insel hinein gestampft worden war. Die Unabhängigkeitsfeier fand im Sportstadion von Victoria statt. Ich bestand darauf, dass René dorthin ging, denn es war ein historischer Moment. René war darüber nicht so begeistert, er hätte sich lieber eine Fußball-Übertragung im Fernsehen angeschaut, gab mir aber später dann doch Recht, dass die Unabhängigkeitsfeier eher im Gedächtnis hängen geblieben sei, als irgend so ein Spiel. Gegen Mitternacht schüttelte der Graf von Gloucester als Vertreter der Queen die Hände des ersten Präsidenten der Seychellen, James R. Mancham und seines ersten Premierministers, Albert Rene, und der Union Jack (die britische Fahne) wurde eingeholt. Sodann hisste man die neue Fahne der Seychellen. Diese neue Flagge bestand aus zwei roten und blauen Dreiecken in einem weißen Andreaskreuz. Also vorerst hatte man die Farben Großbritanniens bei behalten. Auch ich hatte einen Fahnenmast auf Moyenne errichtet, verfolgte die Zeremonie am Radio, trank Champagner und rauchte eine teure Zigarre. Gegen Mitternacht hisste ich die neue Fahne und wünschte der neuen Seychellen-Republik nur das allerbeste. Während René Antoine Lafortune und seine Familie allerdings automatisch Bürger dieser neuen Republik wurden, blieb ich britisch. Ich war nun also

Ausländer auf meiner eigenen Insel und musste mich ab sofort offiziell um die Staatsbürgerschaft der Seychellen bemühen. Ein großes Feuerwerk war angekündigt, und ich begab mich unten an den Bootsanleger, um mir die Show anzusehen. Einige wenige Feuerwerkskörper explodierten, und ich war total enttäuscht. Ich hatte mich schon auf den Weg ins Haus zurück gemacht, als die Show dann doch noch eine halbe Stunde später begann. Anschließend hörte ich zwei Erklärungen für diese Verspätung: Die erste war, der leicht einsetzende Regen hätte die Lunten gelöscht. Die zweite Erklärung war, der Feuerwerker wäre während der Zeremonie eingeschlafen. Was auch immer der Grund war, der Graf und die Gräfin von Gloucester genossen ihren „Arbeitsbesuch" sichtlich. Einige Tage nach der Feier sichteten wir sie im Boot des ehemaligen Gouverneurs als sie an Moyenne vorbei fuhren und René und mir freundlich zuwinkten. Dann planschten beide vergnügt in Sichtweite im Meer. Die neue Fahne der Seychellen mit dem Andreaskreuz blieb aber nur sehr kurz und wurde dann durch die endgültige Version ersetzt. Diese Flagge zeigt fünf schräg verlaufende Streifen (Strahlen) in den Farben Blau, Gelb, Rot, Weiß und Grün, deren Zentrum die untere linke Ecke ist. Die fünf Farben stehen für Charakteristika der Seychellen: Blau für den Himmel und das Meer, Gelb für die Sonne, Rot für das Volk (Blut), Weiß für soziale Gerechtigkeit und Grün für Land und Vegetation. Wir hissten die finale Flaggenversion erstmals am 14. September 1977 auf Moyenne. Seinerzeit war allerdings der Streifen, der das Meer repräsentierte, noch wellenförmig.

Durch die Unabhängigkeit änderte sich am Leben auf Moyenne gar nichts. Wir empfingen weiterhin Gäste der Glasboden-Boote für Tages- und Halbtagestouren und Madame kochte wie immer in der Jolly Roger Bar für erstere leckere kreolische Gerichte. Da wir nicht geldgeil waren, entschieden wir, dass eine Vier-Tage-Woche ausreichend für uns wäre. Wir brauchten Zeit für unsere eigenen Aktivitäten. Der erste Besuch eines Mitgliedes der neuen Regierung ließ nicht lange auf sich warten. David Joubert, der neue Tourismusminister, tauchte in Badehose auf, trank mit René und mir ein Guinness Bier und schrieb in unser Gästebuch: „Ein Paradies für Zwei!" Er wusste genau, was hier ablief, nämlich das Robinson und Freitag ein Gay-Paar auf der Liebesinsel waren und er fand das sichtbar gut! Kurz danach tauchte Präsident James Mancham bei uns auf. Er hatte das Gefängnis in Long Island inspiziert und wollte bei uns sein Mittagessen einnehmen. Zum Glück hatte er uns das vorher wissen lassen. Der Präsident erschien mir recht unkompliziert und in guter Stimmung zu sein. Er landete in einem kleinen Boot aus Fieberglas auf der Sandbank, war in Shirt und Shorts bekleidet, was ich erleichtert zur Kenntnis nahm und pflanzte auf meine Bitte hin eine „Präsidenten-Palme" in der Nähe des Bootanlegers. Madame kochte uns ein vorzügliches Mittagessen aus gegrilltem Red Snapper und Oktopus in Curry mit Salat, Wein und Campari. Der Präsident gratulierte mir zu dieser hervorragenden Köchin und verewigte sich ebenfalls in meinem Gäste-Buch: „Die Gastfreundschaft, das Essen, das Klima und die Atmosphäre waren an diesem erinnerungswürdigen Tag einfach großartig! Ich werde wiederkommen. Danke an die Herren Grimshaw und Lafortune für alles!" Wir überreichten ihm als Abschiedsgeschenk eine Makonde Schnitzerei mit dem Titel „Love".

Weihnachten 1976 verlief sehr ruhig. Alle außer mir waren auf Mahe, um das neue Jahr zu feiern, aber ich konnte nicht weg, da ich die Insel vor Dieben und Räubern bewachen musste. Ich saß also auf der Veranda und hatte endlich einmal Zeit, um nachzudenken. Ich konnte es drehen und wenden wie ich wollte und kam zu dem Schluss: „Du hast alles richtig gemacht!" In Ostafrika war die Zeit für die Weißen abgelaufen und nach England wollte ich nicht mehr. Da hätte sich beruflich nur London angeboten und auf den Lärm, Smog, die Kälte und die Enge dort hatte ich keine Lust. Ich tausche doch kein Paradies gegen eine unbedeutende Existenz in einer völlig unpersönlichen Großstadt ein. Mir ging es wie Dr. Ritter, der 1929 das laute und dröhnende Berlin verließ. Ich hätte ihn gerne kennen gelernt, doch als er 1934 starb, war ich erst acht Jahre alt. Ich sehe in ihm aber trotzdem meinen Seelenverwandten. Wer sich für mich interessiert, muss eigentlich auch seine Geschichte kennen. Das Buch „Drama auf Floreana", welches seine Geschichte nachzeichnet, ist meine Bibel, mein wertvollster Besitz nach Moyenne. Ich besaß den wertvollen Privatdruck aus einer Auflage von nur 50 Büchern von 1958. Das Buch wurde unter seinem Vorkriegstitel „Satan kam nach Eden" in Deutschland von den Nazis verboten und später unter verschiedenen Titeln übersetzt. Nein, der Preis eines Lebens in London wäre zu hoch gewesen, zumal mir ja hier René zur Seite stand. Ich war also nicht einsam und ehrlich gesagt sehr glücklich!

Anmerkung von Nicolas Montemolinos: In der Tat besaß Brendon Grimshaw den Privatdruck „Drama auf Floreana" von Gregor Müller aus den 1950er Jahren. Als ich 2010 Moyenne besuchte, konnte ich Brendon dazu überreden, mir das Werk zwecks Überarbeitung und Republishing zu überlassen. Es war kaum mehr entzifferbar und kurz davor, zu Staub zu zerfallen. Tiere hatten bereits Löcher hineingefressen und ganze Passagen fehlten. Ich versprach, ihm ein neues Exemplar zuzusenden, sobald ich mit meiner Restaurierung der Geschichte und der dazu nötigen Recherche fertig wäre. Doch leider konnte ich meine Arbeit hieran erst 2013 vollenden, als Brendon bereits tot war.

Das neue Jahr 1977 verlief wie das vorangegangene: Touristen kamen und gingen, Madame kochte, wir hackten Büsche und pflanzten Bäume. Die Flughunde plünderten weiterhin unsere Mango- und Brotfruchtbäume. Sie kamen aus den Bergen von Mahe herüber geflogen und kehrten nachts dorthin zurück. Nur wenn viele Bäume zur selben Zeit Früchte trugen und es ein Überangebot an Nahrung gab, bildeten sie ihre Kolonien temporär auf Moyenne und ersparten sich den Hin- und Rückflug. Kapitän Beau Hoaerau, der einige Glasbodenboote betrieb, schenkte uns fünf Riesenschildkröten. Ihm wuchsen diese Tiere, die er im heimischen Garten gehalten hatte, inzwischen über den Kopf. Sie fraßen alles und waren seiner Frau zu groß geworden. Er entsorgte sie nun bei uns und tarnte diese Aktion galant als „Geschenk". Die Population an Waldtauben starb aus. Andere, kleinere Vögel ersetzten sie. Unser Versuch Kaninchen auszuwildern schlug völlig fehl. Die brachten sich gegenseitig um bzw. wurden von Hunden der Besucher getötet. Nur ein weißer Hasen mit langen Ohren blieb übrig, den wir zu seinem eigenen Schutz in einem Käfig hielten. Die Kinder durften ihn streicheln und füttern und waren somit etwas abgelenkt und beschäftigt.

Am Strand der Korallenbucht fanden wir eine ganz kleine, verletzte Meeresschildkröte, die wir in ein Bassin mit Meerwasser setzten, um sie gesund zu pflegen und zu füttern. Allerdings mussten wir ständig laufen und das Wasser wechseln und dieses Monster füttern. Diese Schildkröte hielt uns auf Trab. Jeden Tag schien sie größer zu werden. Ich kannte mal einen jungen Mann in Mombasa, Kenia, der meiner Meinung nach sexsüchtig gewesen ist. Jeden Tag hatte er mindestens drei verschiedene Sexualpartner und war nie befriedigt. Er beklagte sich selbst darüber. Er wurde von allen immer nur der „Unersättliche" genannt. Die Schildkröte erinnerte mich in Bezug auf ihren Appetit an den kenianischen Jungen und wir nannten sie die „Unersättliche". Schon bald mussten wir sie in einem 300-Liter-Becken halten, sie andauernd mit Fisch füttern und das Meerwasser wechseln. Ich hatte nur noch zwei Möglichkeiten: Sie entweder im Meer auszusetzen, oder in das Aquarium des Northolm Hotel in Mahe zu geben. Ich entschied mich für das Hotel, denn da die „Unersättliche" zu sehr an Menschen gewöhnt war, wäre sie den Wilderern direkt vor die Flinte geschwommen. Eine Fehlentscheidung, wie sich heraus stellte. Jemand sprühte im Hotel Gift, tote Kakerlaken fielen ins Aquarium, die „Unersättliche" fraß sie und starb.

Frustriert über dieses Ereignis, begann ich morsche Bäume zu fällen, wobei mir prompt ein riesiger Ast auf den Fuß fiel. Höllische Schmerzen überkamen mich und eine Beule so groß wie ein Ei wuchs aus meinem Fuß. Zuerst dachte René ich würde ihn verarschen, aber dann erkannte er den Ernst der Lage und versuchte den Fuß mit Eis aus der Jolly Roger Bar zu kühlen. Mein Fuß schwoll am nächsten Tag dermaßen an, dass ich in Victoria den diensthabenden Arzt in der Ambulanz vom Krankenhaus aufsuchen musste. Der meinte, es sei Freitag Nachmittag und die Röntgenabteilung hätte schon zu. Ich solle am Montag wieder kommen. Selbst wenn der Fuß gebrochen wäre, würde man ihn vor dem Wochenende nicht mehr behandeln. Ich fuhr wütend nach Moyenne zurück und hoffte, dass mir dieser „Arzt" nie mehr unter die Augen kommt. Jeden Morgen beim Aufstehen musste ich vor Schmerzen weinen, aber ich entschied mich bis Dienstag durchzuhalten. Dienstags waren immer die Treffen vom Rotary Club. Ich ließ mich in einem Rollstuhl zur Chirurgie fahren, aber als ich dort ankam, sah ich schon 100 Patienten warten. Nun tat ich das, was ich hasste, aber ich musste meine Beziehungen spielen lassen. Über den Rotary Club ließ ich mich mit dem Büro der Chirurgie verbinden und hatte zum Glück Krankenschwester Lissie Patrick am anderen Ende der Leitung, die alles regelte. Der Chirurg, John Nichol, der mit seiner Frau und den Kindern auch schon ein paar Mal auf Moyenne gewesen war und mich kannte, nahm sich zwischen zwei Operationen Zeit meinen Fuß zu begutachten. Er meinte nur: „Das sieht übel aus! Seien Sie um 15 Uhr in der Klinik,.... nein besser um 14.30 Uhr! Wir müssen das umgehend operieren!" Ich kontaktierte René. Für einen Krankenhausaufenthalt war ich nicht vorbereitet, Ich besaß nicht mal einen Pyjama, weil wir ja auf Moyenne immer nackt zusammen im Bett schliefen und uns gegenseitig „aufheizten". René besorgte mir Zahnbürste, Schlafanzug, Rasierzeug und den Rest und brachte mich in die Klinik. Die Operation war langwierig, verlief aber zufriedenstellend. John verband meinen Fuß mit einem extra dicken Verband, damit ich auf der Insel nicht sofort wieder herum laufen würde, sondern gezwungen war, mich auszuruhen. Da saß ich nun auf meiner Veranda wie ein Häftling! Als ich so das Meer betrachtete und es still war, hörte ich mein Herz schlagen. Ich hatte die Krankheit überlebt. Ich war noch hier! Ich hatte gar keinen Grund mich zu beschweren, wenn ich meine Situation mit der des armen Dr. Ritter auf Galapagos verglich, der an seinen gesundheitlichen Problemen ohne ärztliche Hilfe elend zu Grunde gegangen war. Mir wäre es genau so ergangen, hätte ich nicht Zugang zu einem Gesundheitssystem gehabt. Es bewies mir, dass meine Strategie die richtige Vorgehensweise war: Robinson spielen ja, ohne Hospital in der Nähe nein!

Abbildung 14: Nicolas Montemolinos und Mietwagen in der Karibik

Der Putsch

Im Krankenhaus war mein Zimmergenosse ein Fischer, dessen Arme und Schultern mit 62 Stichen nach einer „Hai-Attacke" wieder zusammen genäht werden mussten. Ich schreibe „Attacke" in Anführungszeichen, weil dieser Angriff erfolgte, als der Fischer den Hai am Haken in sein Boot hieven wollte. Die Aggression ging also von ihm selbst aus, nicht vom Hai. Normalerweise greifen Haie, die es in den Gewässern der Seychellen zahlreich gibt, keine Menschen an! Jeden November gebaren die Muttertiere kleine Hai-Babys direkt an der Küste von Moyenne. Die Babys verursachten nie Probleme.

Irgendwann merkten sie, dass das Wasser auf der dem Land zugewandten Seite der Sandbank wesentlich wärmer war. Sie mochten das und schwammen alle dorthin. In der Lagune wuchsen zur selben Zeit auch zehntausende von Sardinen, welche den Haien als Nahrungsgrundlage dienten. Nur allzu gerne filmten die Besucher von Moyenne die Tiere von der Sandbank aus, um zu beweisen, dass sie sich in mit Haien „verseuchten" Gewässern aufgehalten hatten. Die ganz mutigen Gäste trauten sich gar knietief ins Wasser der Lagune. Wenn die jungen Haie ca. einen Meter lang waren, befahl ihnen ihr natürlicher Instinkt hinaus ins offene Meer zu schwimmen. Dann kehrte in der Lagune wieder Ruhe ein. Was die inzwischen auf Moyenne nistenden Kardinal-Vögel betraf, so wurde das Gefieder der Männchen jedes Jahr im Februar leuchtend rot. Sobald die Jungvögel ausgebrütet waren und das Nest verließen, verloren die Männchen die rote Farbe wieder und unterschieden sich kaum noch von den Weibchen. Touristen hielten diese Vögel dann oftmals für Sperlinge,

Der Putsch auf den Seychellen veränderte das politische Klima der Inselgruppe komplett. Moyenne lag draußen im Meer und wir hatten nicht mal eine böse Vorahnung von dem, was da kommen sollte. Ich erinnere mich noch genau: E war der 5. Juni 1977, als Madame mich und René ziemlich unsanft um 7 Uhr morgens aus dem Schlaf riss. Sie meinte, wir sollten das Radio anschalten, irgendwas würde auf Mahe vor sich gehen. Ich lag mit Morgenlatte nackt im Bett und wollte so nicht unter der Bettdecke hervor kommen. René ging es genau so. Die Madame wurde wütend, dass wir nicht aus dem Bett hervor kamen, riss uns die Bettdecke herunter, schaute einen Moment entsetzt und lief dann schreiend in ihre Küche in der Jolly Roger Bar zurück. Ich wäre am liebsten im Erdboden versunken, doch es war nicht mein Fehler. Ich konnte auf meiner Insel ja wohl so viele Erektionen haben wie ich wollte! Etwas verärgert und missmutig drehte ich das Radio an. Zuerst wurde nur Musik gespielt. Ich kletterte also zurück ins Bett und kuschelte ausgiebig mit René, als eine dunkle, herrische Stimme die „Pressemitteilung Nummer Drei" vorlas. Offenbar hatte ich die Mitteilung Nummer Eins und Zwei verpasst. Es wurde erklärt, dass eine 3tägige Ausgangssperre verhängt worden sei. Präsident Mancham, der zum Silberjubiläum der Queen in London weilte, war durch Ministerpräsident Albert Rene abgesetzt worden, der sich nun selber zum Staatsoberhaupt erklärte. Es sollte 15 Jahre dauern, bis Mancham sein Exil in England wieder verlassen konnte. Wir fuhren nach drei Tagen mit der Amy Jane nach Victoria, um frische Lebensmittel zu kaufen. Die Atmosphäre war bedrückend. Männer in ziviler Kleidung standen mit Maschinengewehren im Stadtzentrum herum und auf dem Dach des Polizei-Hauptquartiers waren Scharfschützen postiert. Mich wunderte, dass eine Handvoll von Männern mit Waffen reichte, um eine Regierung zu stürzen, aber nach ein paar Tagen kamen Truppen aus Tansania zur Unterstützung der Rebellen und stabilisierten die neue Regierung. Wir waren froh, als wir wieder auf unserer friedlichen Insel zurück waren und warteten ab, bis sich die Lage normalisierte und die Touristen aus ihren Hotels durften, um uns zu besuchen. Ich hatte aber nun Angst, Moyenne zu verlassen, um mit meinen Eltern deren diamantene Hochzeit in England zu feiern. Noch besaß ich die Staatsbürgerschaft der Seychellen nicht. Ich befürchtete, sie würden mich nach meiner Ausreise nicht mehr reinlassen. In Victoria benannte man plötzlich Straßen um. Die „Duke of Edinburg Steet" hieß jetzt „Liberation Street". Die Statue von Queen Victoria verschwand im Museum und sie errichteten ein Denkmal für die Befreiung der Sklaven vor dem Stadion.

Heilige und Sünder

Ich bin ja gar kein Kirchgänger. Mir erschließt es sich nicht, was ein wöchentlicher Gang in eine Kirche, wo man immer die selben Lieder singt und einer oftmals unverständlichen Predigt zuhören muß, mit einem Dienst an Gott zu tun haben soll. Da Gott der Schöpfer ist und ich hier auf Moyenne seine Schöpfung bewahre, ist im Prinzip doch die Insel Moyenne eine Kirche und meine Arbeit hier ist der tägliche Gottesdienst. Manchmal sitze ich auf meiner Veranda und denke über alles nach. Eine unsichtbare Macht scheint meine Geschicke zu lenken und zu oft gab es in meinem Leben eine glückliche Fügung. Das kann einfach kein Zufall sein, das ich diese Insel erwerben konnte, das ich René kennen lernte und hier friedlich in diesem Paradies leben kann. Da muss doch jemand sein, der meine Gebete, die ich oft genug zur „blauen Stunde", dem kurzen Übergang zwischen Tag und Nacht, hier still in meinen Gedanken spreche, erhört hat. Das ist dann wohl Gott, wer sonst? Aber wie gesagt, ich bin nicht gerne in einer Kirche. Ich bin lieber in der Natur, Gottes Werk, und fühle mich dort näher bei Gott. Gleichwohl habe ich auf Moyenne eine Kapelle errichtet. Da fragen mich die Besucher natürlich berechtigter weise, warum. Nun die Erklärung ist einfach: Als ich in London arbeiten musste, überkam mich eine große Leere und Depression. Der Smog verdunkelte die Straßen, die Sonne schien nur fahl zur Mittagszeit durch den Nebel, es war kalt und ungemütlich, die Arbeit machte keinen Spaß, ich hatte keine Freunde und kein wirkliches Zuhause. Am Wochenende wohnte ich bei meinen Eltern in Seaford. Mein Leben war völlig fremdbestimmt. Ich war unglaublich unglücklich, hatte aber den Traum von einem Leben auf den Seychellen. Dieser Traum und die beständige Lektüre von „Drama auf Floreana" bewahrte mir einen Rest an Energie. Ich schwor mir damals: Sollte dieser Traum je

Wirklichkeit werden, so würde ich auf Moyenne eine Kapelle errichten. Darum errichtete ich schließlich auch eine!

Zu Beginn des Jahres 1979 traf ich den anglikanische Bischof George Biggs im Rotary Club. Der erzählte mir, dass er einige Tage nach Ostern in den Ruhestand gehen würde. Da ich einen guten Draht zu ihm hatte (anders als zu seinem Vorgänger), fragte ich ihn, ob er für mich eine Kapelle weihen würde. Er meinte ja klar, aber das Zeitfenster dafür sei kurz. Er würde schon Ende April nach London abreisen und Ostern hätte er keine Zeit. Ich trommelte also in Windeseile alle Freunde zusammen und wir gossen nahe beim Friedhof ein Fundament aus Beton, auf das wir innerhalb von dreieinhalb Wochen eine kleine, selbst gezimmerte Kapelle stellten. Von überall her besorgten wir die Innenausstattung der Kapelle. Soweit ich mich erinnere, bastelten wir ein Kreuz aus Treibholz von der Insel Cerf, liehen die heilige Schrift in der Stadtbibliothek von Victoria aus ohne sie je zurück zu geben und stellten die Kerzenständer selber aus rostigen Harpunen her. Jetzt musste nur noch ein Heiliger her, dem die Kapelle geweiht werden sollte. René meinte, wir sollten die Kapelle St. Brendon widmen, der ein irischer Missionar gewesen sei und in Schottland missioniert hätte. Es war mir aber echt zu doof, die Kapelle nach mir zu benennen. Wir diskutierten das mit den anderen Helfern und fanden eine gute Lösung. Wir benannten die Kapelle nach dem Bischof, nach dem englischen Thronfolger und nach mir. Die Kapelle sollte also den Heiligen George, Charles und Brendon gewidmet sein. Da fast alle Einwohner der Seychellen katholisch und nicht anglikanisch sind, luden wir einen katholischen Priester zu der Weihe ein, die wir deshalb als ökumenisch deklarierten. Als der Bischof und der Priester eintrafen, versammelten sich René, Madame, deren Töchter, Sasa, die Helfer und zufällig anwesende Touristen, zusammen etwa 40 Personen, vor der Kapelle zu dem Weihegottesdienst. An Weihwasser hatten wir gar nicht gedacht. So schickte ich René los, der mit einer Flasche Johnnie Walker zurück kam, weil er auf die Schnelle nichts besseres finden konnte. Zum bespritzen der Kapelle und des Friedhofes überschüttete der Bischof nun abgeschnittene Zweige der Kasuarinen mit dem Whisky und spritze den Alkohol auf die Gräber, die Gläubigen und die Kapelle. Einige zufällig in der Nähe grasenden Riesenschildkröten wurden dabei gleich mit gesegnet. Der Bischof war ziemlich flott fertig und stürzte sich danach mit Heißhunger auf Madames Essen, und Moyenne als auch die beiden toten Piraten in den Gräbern hatten nun endlich den Segen der Kirche. Das machte mich glücklich und stolz! Über die Jahre wurde die Kapelle dann für fröhliche Gelegenheiten, wie Hochzeiten, Kommunionen oder Taufen genutzt, aber auch für traurige Anlässe, zum Beispiel das Begräbnis meines Vaters oder auch die Bestattung der Asche meiner Mutter. Aber das ist eine andere Geschichte!

Ich war total überrascht und erfreut, als mir muslimische Besucher erzählten, sie hätten ebenfalls in der Kapelle gebetet. Zuerst hätten sie sich in der Piratenbucht im Meer gereinigt und wären dann zu dem heiligen Ort gegangen, ihre Gebete aufzusagen. Die Kapelle läge zudem ungefähr in Richtung Mekka. Ich war sprachlos, dass ich da nicht selber drauf gekommen bin. Gar nicht lange danach fragte mich ein jüdisches Paar auf Hochzeitsreise, ob sie nicht in der Kapelle beten könnten und wollten dort eine Mesusa aufhängen. Ich freute mich ebenso sehr darüber, wusste aber gar nicht, was eine Mesusa ist. Sie meinten, dies sei ein kleiner Behälter mit einem Schriftstück aus der Tora und hätte für die Juden eine religiöse Bedeutung. Ich erlaubte natürlich das Aufhängen der Mesusa und drei Wochen später, gegen Ende ihres Honeymoons, kamen die Beiden wieder und hängten den Behälter am Pfosten der Kapelle auf. Nun, ich selbst habe in Malaysia nach dem Tod meines Vaters auch in einem buddhistischen Tempel Trost gefunden und gebetet, darum machte es mich nur froh, dass irdische Sünder aller Glaubensrichtungen an diesem gesegneten Ort der Heiligen für ihre Anliegen beten konnten.

Abbildung 15: Die Kapelle mit den Gräbern, von links nach rechts: Raymond, die zwei Piraten, Brendon

Schatten der Vergangenheit

Bisher hatten nur drei Besitzer von Moyenne tatsächlich auf der Insel gewohnt, nämlich Julie Chiffon und Melidor Lauange, Emma Best und meine Person. Bei weiteren Nachforschungen in Mahe und bei einer Reise nach Mauritius fand ich dabei folgendes heraus. Julie und Melidor verkauften die Insel im März 1892 für lächerliche 301 Rupien an einen französischen Lebemann und Frauenhelden mit dem Namen Alfred de Charmoy. Julie und Melidor, dann schon beinahe sechzig, wanderten mit dem Geld nach Mauritius aus, wo sie einen Kartoffelacker kauften, um diesen zu bestellen. Alsbald brach das Fleckfieber aus, das beide dahin raffte. Der Lebemann, der die Insel erworben hatte, wurde in einem Duell erschossen. Sein Sohn verkaufte die Insel 1899 für 1800 Rupien an einen Strohmann, der sie wiederum mit einem saftigen Aufschlag noch im selben Monat an Emma Wardlow Best für 2000 Rupien weiter verkaufte. Frau Best kam mit ihrem Vater, einem Armee Offizier aus Indien auf die Seychellen. Als er merkte, dass seine Tochter lesbisch war, erschoss er sich, weil er mit der Schande nicht leben konnte oder wollte. Der Selbstmord wurde von den lokalen Behörden als Herzattacke vertuscht, damit das Ansehen der Armee nicht beschmutzt wurde und Emma über die Witwenrente und das Erbe versorgt war. Sie arbeitete im örtlichen Krankenhaus. Ihre fünf Jahre ältere Lebensgefährtin, Frau Mary Joan Halkett, war die Leiterin dieses Hospitals. Mich interessierte diese Konstellation sehr, denn offenbar war Moyenne also eine Art „Gay Paradise", also eine Zuflucht für Mitglieder der „Familie Sonnenschein". Diese Vorstellung erwärmte mein Herz. Jedenfalls kehrte Emma der Liebe wegen nicht nach England zurück, sondern blieb auf den Seychellen. Irgendwie kam mir die Geschichte bekannt vor.

Da Emma keine Kinder hatte, schenkte sie all ihre Liebe streunenden Hunden. Ich vermute, die Tiere müssen wohl so eine Art Ersatzkinder gewesen sein. Es wird erzählt, dass die Fischer auf Mahe Hunde stahlen und Frau Best gaben, damit die ihnen mehr Fisch für die Fütterung der Hunde abkaufte. 1915 wurde Emma das Leben altersbedingt auf der Insel zu schwer und sie zog sich mit ihrer Freundin in eine abgelegene Villa in Val Riche, Sans Souci zurück. Dort sammelte sie weiter Hunde. Am Schluss waren es siebzig Tiere. Darunter auch gefährliche Rassen. 1919 starb sie dort, als sie in einen Kampf zwischen verschiedenen Hunden geriet und dabei zerfleischt wurde. Nach mehreren weiteren Besitzerwechseln kaufte ich Moyenne 1962 Phillipe George ab, der sie bei mir in guten Händen wusste.

Die Bewohner der Seychellen sind sehr gläubig, aber auch sehr abergläubisch. Neben den üblichen Geschichten über Zombies und „lebende Tote", den hier sogenannten „dodociers", die man sich ganz einfach mit elektrischem Licht vom Halse halten kann, sind auch Wahrsager und Wunderheiler auf den Seychellen gut im Geschäft. Zu Beginn des Tourismus ärgerte ich mich über schwarzen Puder auf den Stufen vom Bootsanleger hinauf zu meinem Haus, den ich weg fegte. Ich wollte schließlich ein sauberes und gepflegtes Gelände präsentieren. Aber bereits am nächsten Tag war diese „Asche" schon wieder auf den Stufen. Abermals fegte ich sie weg. Am dritten Tag wurde ich von Madame erwischt, die recht empört über meine Säuberung zu sein schien. Es stellte sich heraus, dass sie den schwarzen Puder von einer „Hexe" namens „Daisy" aus den Bergen von Mahe gekauft hatte. Der Puder sollte dafür sorgen, dass die Geschäfte gut liefen und möglichst viele zahlungskräftige Touristen auf den Stufen herauf kommen würden. Auch der Glaube an Geister und Übersinnliches ist auf den Seychellen allgegenwärtig. Madame legte öfter Blumen auf die Piratengräber, aber jedes Mal wenn sie wieder zum Friedhof kam, waren die Blumen weg geweht worden. Ebenso bei Windstille. Auch mein Versuch, rings um die Gräber Blumen zu pflanzen, erwies sich nicht als besonders erfolgreich. Während Madame darauf bestand, dass die Geister der Piraten keine Blumen mochten, vermutete ich eher die ungünstigen Lichtverhältnisse unter der dichten Laubkrone von Bäumen als Ursache für meinen gärtnerischen Misserfolg. Nachts hörten die Madame und Sasa des öfteren ein Klopfen an den Fenstern, wenn sie in ihrer kleinen Angestellten-Hütte, abseits von meinem Haus schliefen. Ein Geist sollte die Ursache hierfür sein. Zugegeben, ich hörte dieses Klopfen auch an meinem Haus. Aber ich glaubte nicht an Geister! Ich kam zu dem Schluss, dass ich das Klopfen tatsächlich hörte, weil ich es mir selber einbildete. Jedenfalls hatte eine Freundin von mir einen Traum, der die Sache erklärte. Ihr war in dem Traum Emma Best erschienen, die sich bitterlich beklagte, nicht auf Moyenne begraben zu sein. Deshalb entsteige sie Nachts auf dem Friedhof von Mont Fleuri ihrem Grab, um auf ihrem geliebten Moyenne zu sein. Sie klopft an die Fenster in der Hoffnung, jemand würde sie hinein bitten und alles sei so wie früher. Das geschieht aber nie, da sie als Geist quasi immateriell und nicht für die Lebenden sichtbar sei. Ich sagte zu der Freundin, dass es unverständlich ist, dass Emma ihr im Traum erschienen ist und nicht mir. Schließlich sei ich der Besitzer von Moyenne. Sie müsste sich also an mich wenden. Da lachte die Freundin und meinte nur: „Aber Brendon, eine lesbische Frau wendet sich doch nicht an einen Mann. Und eine anständige Frau erst recht nicht. Schon gar nicht nachts!" Das leuchtete mir ein. Ich stellte am Friedhof eine Gedenktafel auf, die an Emma Best erinnerte und von einem Priester gesegnet wurde. Das war alles, was ich tun konnte. Es war mir ja schließlich nicht möglich, Frau Best nach Moyenne umzubetten. Aber es half! Nie wieder wurde das nächtliche Klopfen gehört. Emma Best hatte ihren Frieden gefunden. Aber ein bisschen beleidigt war ich schon, dass sie zu Männern auf Abstand ging. Andererseits brachte ich auch Verständnis auf. Mir ging es umgekehrt genau so.

Frauen konnten manchmal anstrengend sein, insbesondere die Madame. Auf den Seychellen herrschen in Teilen noch matriarchale Familienstrukturen, in denen die Mutter das Familienoberhaupt ist. Als ich einen jungen, attraktiven Mann anheuerte, der mir in der Jolly Roger Bar helfen sollte, zwang sie mich diesen wieder zu entlassen. Stattdessen sorgte sie stets dafür, dass nur ihre eigenen Familienangehörige oder entfernte Verwandte in die zu vergeben Jobs hinein kamen. Leistung zählte auf den Seychellen nie, Verwandtschaft ging immer vor. Es ist die übliche afrikanische Korruption. Schade nur um den jungen Mann. Die Madame erwies sich als „Spaßbremse"! Kein Spaß war es auch von Kokosnüssen getroffen zu werden. Auf den Seychellen, wie auch in anderen tropischen Paradiesen, werden Touristen oft „Opfer" von Kokospalmen, wenn sie ihre Mietwagen unbedacht unter diesen abstellen und nach Rückkehr dicke Beulen im Blech vorfinden, ausgelöst von heruntergefallenen Nüssen. Mich traf es in den vergangenen 20 Jahren zwei mal, wobei ich zum Glück nur an der Schulter und dem Nacken getroffen wurde. Fallende Kokosnüsse sind eine echte Gefahr, die können einen ins Krankenhaus oder schlimmstenfalls auf den Friedhof befördern. Es lauern auch andere Fallen, zum Beispiel für Kinder: Gina, René's Tochter, trank ein mal Kerosin auf Moyenne. Da landete sie im Hospital. Zum Glück konnte ihr der Magen rechtzeitig ausgepumpt werden. Es ging glimpflich aus!

Auch ich benötigte gelegentlich ärztliche Hilfe. Im Gegensatz zu Dr. Ritter, der sich vor seiner Auswanderung vorsorglich alle Zähne hatte ziehen lassen, um nicht mit Zahnproblemen kämpfen zu müssen, besaß ich noch alle meine Zähne. Aber wie es so ist, man wird nicht jünger und das Gebiss nicht besser. Ich musste also auch irgendwann zum Zahnarzt nach Mahe und dort wurden mir neun Zähne gezogen. Blöd nur, dass ich Tage später zu einer Feier im Rotary Club eingeladen war, bei der es ein üppiges Menü geben sollte. Der Koch erfuhr von meinem Dilemma und so servierte man mir ein Omelette, welches ich mit den restlichen Zähnen gut kauen konnte.

Schwierige Tage

Es waren sechs Jahre vergangen, seit ich meine Eltern das letzte Mal in England besucht hatte. Mein Vater war inzwischen an einem Magengeschwür operiert worden und erholte sich zu Hause. Jetzt, wo auf den Seychellen alles lief und ich über Beziehungen endlich an die Staatsbürgerschaft der Seychellen gekommen war (den britischen Pass hatte ich auch noch), musste ich mich zu Hause wieder sehen lassen. Ich setzte mich also in eine Boeing 747 und landete an einem grauen, aber regenfreien Herbsttag in London Heathrow. Ich mietete mich fürs erste für 34 Pfund im zentral gelegenen Piccadilly Hotel ein und lief ins benachbarte Café, um mich mit englischen Spezialitäten voll zu stopfen, die ich zu lange vermisst hatte. Der Aufenthalt in London war ein Schock. Der Gestank von Autoabgasen, die Hektik, die Obdachlosen, das Gewimmel und der Lärm machten mich wahnsinnig. Das war ich nach Jahren auf dem friedlichen Moyenne nicht mehr gewohnt. Schnell fuhr ich mit einem gemieteten Auto weiter nach Seaford. Ich musste aber feststellen, dass ich inzwischen das Autofahren verlernt hatte. Ich bekam richtige Todesangst, als ich eingeklemmt zwischen zwei riesigen Lastkraftwagen durch einen engen Straßentunnel fahren musste. Ich gab den Wagen wieder ab und obwohl mein 87jähriger Vater noch schwach von der Operation war, ließ ich mich von da an von ihm mit seinem uralten Rover 90 kutschieren. Dafür brachte ich das Haus wieder ordentlich auf Vordermann. Leider war auch meine Mutter gesundheitlich angeschlagen. Ich flog zwar wieder zurück auf die Seychellen, kaum war ich aber dort, musste ich wieder zurück nach England, denn Mutter lag nach einem Schlaganfall im Krankenhaus in Eastbourne. Inzwischen war Winter, Schnee war gefallen und ich musste Vater nun bei den eisigen Bedingungen nach Eastbourne fahren. Ich erkannte meine Mutter kaum mehr wieder, so schlecht ging es ihr. Sie starb am 18. Dezember 1981. Es waren schwierige Tage für meinen Vater und mich. Sehr schwierige!

Wir verbrannten meine Mutter fünf Tage später im Krematorium. Es waren nur mein Vater und ich und drei Verwandte meiner Mutter aus London anwesend. Die Urne mit der Asche nahm ich mit und verstaute sie erst mal in der Garage. Es war ein furchtbar deprimierendes Weihnachten, wie sich jeder vorstellen kann. Aber ich war unter Zugzwang. Nach den Feiertagen erklärte ich meinem Vater ganz offen, dass ich nicht wüsste, was ich mit ihm anfangen soll. Im großen Haus wohnen bleiben könne er nicht, denn das würde ihm ohne Personal schnell über den Kopf wachsen. Es gab realistisch betrachtet nur zwei Möglichkeiten für ihn: Entweder das Altenheim in Eastbourne, oder Moyenne. Ich sagte ihm er wäre auf den Seychellen jederzeit herzlich willkommen, aber seine Entscheidung müsse zeitnah fallen. Drei Tage später gab er beim Morgentee bekannt, dass er auf die Seychellen übersiedeln wolle. Ich war irgendwie erleichtert, aber auch beunruhigt. Ich machte ihm deutlich, dass sich diese Entscheidung nicht mehr rückgängig machen ließe. Er würde damit alle Brücken abbrechen. Der damals 88jährige erwiderte nur: „Was sein soll, soll sein!" Es half ja alles nichts, wir mussten da nun gemeinsam durch und im Alter fand ich meinen Vater inzwischen auch viel netter als früher. Ich dachte, das ist vielleicht gar nicht so schlecht, meinen Vater auf Moyenne zu haben.

Ich brauchte nun einen Extra-Monat, um den Pass für meinen Vater zu beantragen, das Haus und die Möbel zu verkaufen und alles für den Rückflug zu managen. Ich arrangierte es so, dass mein Vater das intakte und unberührte Haus so verließ, wie er es immer in Erinnerung hatte. Erst als wir am Flughafen waren rief ich den Spediteur und den Makler an, dass sie mit ihrem Werk, der Verschiffung einer Liste von Gegenständen bzw. der Entrümpelung beginnen sollten. Das Haus wurde vom Makler sehr schnell und zu einem guten Preis verkauft. Die Rente meines Vaters wurde auf die Seychellen überwiesen, So hatten wir erst einmal genug Geld. Als ich die Haustüre in Seaford abschloss, um zum Flughafen zu fahren, schien zum ersten Mal seit Wochen die Sonne. Ich sagte zu Vater: „Das ist ein Zeichen!". Der lächelte nur und wirkte unglaublich ruhig und gelassen. Das das Reisen mit älteren Personen Vorteile hat, merkte ich am Flughafen. Wir durften in einer separaten Lounge Platz nehmen, mit gut gepolsterten Sitzen. Vater war noch nie auf einem internationalen Flughafen gewesen und musterte mit Interesse den Duty Free Shop. Da es aber dort nur Alkohol und Zigaretten zum kaufen gab, kam er mit leeren Händen zurück. Unser Jumbo hieß „City of Westminster" und mein Vater genoss den Langstreckenflug sichtlich. Als der Kapitän einige hundert Meilen vor Mahe bereits den Sinkflug ankündigte, war mein Vater enttäuscht: „Was? So schnell?

Jetzt hatte ich mich gerade daran gewöhnt!" Ich atmete innerlich auf, dass ein 88jähriger so etwas noch mitmacht. Wie wäre ich in dem Alter? Ich bezweifelte, dieses hohe Alter überhaupt erreichen zu können.

Am 31. Januar 1982 landeten wir auf den Seychellen um 6 Uhr morgens. Wir fuhren zum Jacht Club, wo René schon mit dem Boot auf uns wartete, und binnen zweieinhalb Stunden nach dem Aufsetzen des Flugzeugs saß mein Vater bereits in T-Shirt und Badehose auf meiner Veranda und sagte nur: „Wie schön, wie schön!" Ich offerierte ihm einen Kaffee, aber er erinnerte mich an das Seybrew, von dem ich ihm erzählt hatte. „Wie, Du willst um halb neun Uhr morgens ein Bier trinken?" „Na klar, es ist doch eine Feier!" Ich schickte René zur Jolly Roger Bar, worauf mein Vater erfreut rief: „Was, ihr habt hier sogar eine Bar!?" und ich erwiderte: „Klar, Du kannst Dich jederzeit da bedienen. Es geht alles aufs Haus!"

Zum Glück vertrug der alte Herr das Klima hervorragend. Ich hatte mir darüber die größten Sorgen gemacht, denn das feucht-heiße Wetter machte schon halb so alten Menschen schwer zu schaffen, aber meinem Vater gefiel es, da es ihm den aus England gewohnten Schnupfen, das Rheuma und auch Unterkühlungen ersparte. Klar musste er auch mal ins Krankenhaus. Einmal wegen einem Leistenbruch, ein anderes Mal wegen einer starken Schuppenflechte. Ich hatte den Eindruck, nach den Behandlungen war er fitter als vorher! Seine Tage verbrachte er fortan mit Bücher lesen, Gesprächen mit Touristen, Bier trinken und schlafen. Alles in allem machte mir seine Gegenwart recht viel Freude. Irgendwann fiel mir aber mit Schrecken ein, dass ich durch die ganze Hektik mit dem Umzug die Asche mit der Urne meiner Mutter in Seaford in der Garage vergessen hatte. Der neue Eigentümer bot an, sie im Garten zu begraben, doch ich wollte die Asche auf Moyenne verstreuen. Also bezahlte ich dem Sohn des Eigentümers, dem 23jährigen Studenten Kevin, den Flug nach Mahe und spendierte ihm einen zweiwöchigen Aufenthalt auf meiner Insel. Ob er denn mit Begleitung kommen dürfe, fragte der neue Eigentümer. Ich willigte ein, unter der Bedingung, dass die Dame an seiner Seite den Flug selbst bezahlt. Der neue Eigentümer stimmte zu und so erwartete ich im Juli 1982 Kevin, seine Freundin und die Asche meiner Mutter. Den Flug für Kevin hatte ich möglichst billig gebucht, so dass er zweimal umsteigen musste, einmal in Kairo und einmal in Addis Abeba. Nachdem ich Kevin dann persönlich kennen gelernt hatte, tat es mir fast schon leid, wie knausrig ich gewesen war.

Ich fuhr also gegen Mittag zum Flughafen, wo die Maschine aus Äthiopien landen sollte. Tatsächlich setzte das Flugzeug pünktlich auf und ich wartete nun gespannt in der Empfangshalle, ob ich Kevin, von dem ich ein Foto dabei hatte, erkennen würde. Nach einer Ewigkeit kam er dann aus der Zollkontrolle kommend direkt auf mich zu, die Urne in einer Plastiktüte vom „Woolworth" verstaut, lachte fröhlich, umarmte mich und begrüßte mich überschwänglich. Ich nahm die Tüte mit der Asche, bedankte mich und wunderte mich, dass er alleine ohne seine Freundin angereist war. Da bemerkte ich einen ungefähr gleichaltrigen Jungen direkt hinter ihm, der ebenfalls grinste und mir gleichfalls die Hand schüttelte. „Das ist Trevor, mein Freund!", sagte Kevin selbstbewusst, um dann noch das Wort „Boyfriend" hinter her zu schieben, um alles klar zu stellen. Ich wirkte etwas konfus und konnte gar nicht realisieren, dass René und ich nun zwei junge Schwule beherbergen würden, doch da mein Vater dem neuen Eigentümer des Hauses ohne mein Wissen über meine Situation „aufgeklärt" hatte, bekamen Kevin und sein Freund erst recht Lust, für wenig Geld auf die Seychellen und unser „Love Island" zu reisen. Nun, ich war ja schon sechzig, aber René erst knapp über dreißig und die beiden Jungs sehr offen, experimentierfreudig und zu jeder Schandtat bereit. Zwar waren beide nicht sehr hübsch, eher durchschnittlich, aber das optische Manko konnten sie mit ihrer lustigen und freundlichen Art wettmachen. Madame war schockiert aber machtlos. René erlebte jedenfalls anstrengende und lustvolle zwei Wochen und als sie endlich von ihm abließen, musste auch ich noch her halten. Solche zwei ungestümen „Hengste" in vollem Saft hatte ich zuletzt in Dar es Salaam erlebt und ich muss sagen, mir wurde es phasenweise echt zu viel. Ich war dann doch froh, das diese aufregende, ekstatische Zeit ein Ende fand. René und mir haben die Jungs dennoch so gut getan, dass wir heute noch davon zehren. Die Asche meiner Mutter streute ich in ein Fach des Altars der Kapelle und stellte die Plastiktüte vom Woolworth zusammen mit einem Foto meiner Mutter unter eine schwere Marienstatue aus Gips in mein Wohnzimmer auf den Schrank als Andenken.

Mein Vater feierte noch seinen 92. Geburtstag, stürzte dann aber und verstarb am frühen Morgen des 1. Februar 1987 an inneren Blutungen. Natürlich war ich sehr, sehr traurig darüber, aber andererseits hatten wir fünf gemeinsame, tolle Jahre gehabt, sozusagen als „Bonus" einer doch manchmal nicht immer so einfachen Vater-Sohn-Beziehung. Das tröstete mich und half mir über die Trauer. René betonierte für meinen Vater ein neues Grab, direkt neben den beiden Piratengräbern und renovierte die beiden älteren Gräber gleichzeitig. Wir verspachtelten alle drei Gräber neu mit Zement und bestellten beim Schmied eiserne Kreuze, denn die Kreuze aus der Zeit von Frau Best waren längst zu Rost zerbröselt. Um Kreuze in Reserve zu haben, bestellten wir direkt acht Stück. Schließlich würden weder René, noch Madame, noch ich ein ewiges Leben haben. Da konnte ein Vorrat keinesfalls schaden! Wir brachten drei Plaketten aus Messing an den Gräbern an, damit die Touristen wussten, wer hier begraben liegt. Zweimal „Unbekannter Pirat" an den beiden alten Gräbern und „Raymond Grimshaw 1894 – 1987" an der neu angelegten Ruhestätte meines Vaters. Einige Jahre später erzählte mir der ehemalige Nachbar meiner Eltern aus Seaford, den ich zufällig im Urlaub in Südafrika traf (die Welt ist klein!), eine traurige und schockierende Geschichte. Kevin und Trevor waren zwischenzeitlich an Aids gestorben, der eine 1990 und der andre 1992. Mich beunruhigte das sehr, denn René und ich hatten ja näheren Kontakt zu ihnen gehabt. Irgendwie gelang es mir aber, das Thema zu verdrängen. Ich dachte mir, wenn es bis jetzt gut gegangen ist, dann wird es das auch weiter tun. Ich lenkte mich einfach mit noch mehr Arbeit ab.

Moderne Zeiten

Wie im Rest der Welt, so hielt der technische Fortschritt auch auf Moyenne langsam aber sicher Einzug. Am 3. April 1984 kamen Fernsehen und Video nach Moyenne. Auch ein Kassetten-Rekorder für Musik fand den Weg zu unserer kleinen Insel. Da die Bänder aufgrund der hohen Luftfeuchtigkeit nur eine kurze Lebensdauer aufwiesen (sie wurden von einem weißen Pilz befallen), wurden wir Mitglieder der Videothek von Victoria und liehen uns die Filme für jeweils eine Woche aus. Das war schon toll, wenn man nach einem anstrengenden Arbeitstag einfach mal auf der Couch liegen konnte und einen Film anschauen durfte oder auf der Veranda Musik nach dem eigenen Geschmack genoss. Natürlich liehen René und ich uns auch Erotik-Filme aus (z.B. „Der Psycho-Ana(l)lytiker"), die wir aber sorgfältig vor meinem Vater, der Madame und den Besuchern versteckten und nur anschauten, wenn wir ganz sicher waren, nicht gestört zu werden. Auch Telefonkabel und Pipelines für Süßwasser wurden Ende der 1980er Jahren bzw. Anfang der 1990er zwischen den Inseln im St. Anne Marine Park verlegt. Das Leben wurde moderner und viel angenehmer. Mit der Elektrifizierung, die parallel stattfand, konnte ich mir auch endlich eine Air Condition leisten, was echt von allem das allerbeste war! Was viele männliche Einwohner der Seychellen ausgiebig nutzten war eine neue Direktverbindung mit der Fluggesellschaft LAS nach Singapur. Durch die Verlängerungsoption der Flüge nach Thailand erhielt die Fluggesellschaft im Volksmund alsbald den Spitznamen „Love and Sex", weil viele Seychellen-Männer die billigen Flüge nutzten, um zu den Prostituierten nach Pattaya zu fliegen. René und ich nutzen das Angebot ebenfalls. Einerseits, um einmal etwas anderes sehen zu können, ohne uns finanziell zu ruinieren, andererseits waren wir auch neugierig auf das Sündenbabel Pattaya. Wir waren eben wie alle anderen Männer; vielleicht sogar noch schlimmer!

Mitte der neunziger Jahre, ich war nun schon über 70, wollte ich meinen Ruhestand genießen. Madame hatte die Insel schon längst in Richtung Mahe verlassen und René kochte in der Jolly Rogers Bar an ihrer Stelle, wollte aber auch lieber faulenzen als arbeiten. Wir hatten ohnehin viel mit der Pflege der Insel zu tun, so dass von „Ruhestand" eigentlich keine Rede sein konnte und keine Langeweile aufkam. Wir gaben der Agentur „Masons Travel" eine exklusive Lizenz für den Zugang nach Moyenne und das Betreiben der Bar, wofür uns die Agentur eine monatliche feste Miete und eine Gewinnbeteiligung garantierte. Die Agentur renovierte die Toiletten, die Bar und die

Küche und sorgte für das Personal. Wir waren damit „frei". Weil immer mehr Touristen die Seychellen besuchten (1995 kamen 120.000 Besucher), stellte die Agentur auf Tagestouren um, in denen sie die zahlenden Besucher zunächst in das Riff zu einer U-Boot-Tour, dann zum Schnorcheln und danach für 2 Stunden nach Moyenne zwecks Besichtigung brachte. So gab es Nachmittags eine kurze Rushhour und danach kehrte wieder Friede ein. Ich war ja schon ziemlich gastfreundlich und extrovertiert, aber ich genoss es nun, wieder mehr Ruhe und Freizeit zu haben. Durch das exklusive Zugangsrecht nach Moyenne konnte die Agentur ihre Auslastung verbessern und den Profit steigern. Es war eine Win Win Situation für beide Geschäftspartner.

Eines Tages erhielt ich einen Brief vom Einwohneramt in Mahe. Auf meine Kapelle war nun eine Geburt neu eingetragen worden, die man jetzt, da ein eigenes Taufregister für die Kapelle beim Gericht erstellt worden war, neu zuordnen konnte. Eine gewisse Frau Marie Jose Farra wurde dort am 01. Ma1 1906 geboren. Ich konnte mir vorstellen, dass sie als Kind eventuell Frau Best kennengelernt hatte. Vielleicht war sie die Tochter einer Angestellten. Mich machte das neugierig. Ich besuchte sie in Bel Ombre, wo sie bei ihrer Tochter wohnte. Sie meinte zu mir, dass sie Frau Best nie persönlich kennengelernt habe, sondern direkt nach der Geburt zur Familie Farra gekommen sei, einem örtlichen Händler. Damals war Kinderlosigkeit ein Problem, denn die Kundschaft glaubte, Frau Farra sei verhext und blieb deshalb aus. Also „beschafften" sich die Farras ein Baby, nämlich sie selbst. Im Jahr 1940 sei sie dahinter gekommen. Weil sie ihre Herkunft interessierte, habe sie hartnäckig nachgeforscht und folgendes heraus gefunden: Frau Best lebte alleine auf der Insel und kümmerte sich dort um ihre Hunde. Eine allein lebende Frau auf einer einsamen Insel war damals ein gefundenes Fressen für die Fischer. So wurde Frau Best mehrmals im Jahr vergewaltigt, und es stellte sich auch fast jährlich eine Schwangerschaft ein. Die meisten dieser Schwangerschaften konnten ihre Freundin und sie abbrechen, doch 1905 gelang das nicht und so wurde Marie Jose schließlich 1906 auf Moyenne geboren. Der örtliche Priester, der das Kind den Farras vermittelt hatte, machte den Fehler, das Baby mit Geburtsort Moyenne statt Bel Ombre registrieren zu lassen, wodurch nun die Spur verfolgbar wurde. Marie Jose war das Kind von Emma Best und dem Fischer Gabriel Mureau.

Mit dieser Erkenntnis pflegte die alte Dame neben den Gräbern ihrer Pflege-Eltern, zu denen sie stets ein gutes Verhältnis hatte und auf nichts verzichten musste, auch das Grab ihrer echten Mutter, Emma Best, auf dem Friedhof in Mont Fleuri. Sie starb am 11. April 1994 und hatte mir ausdrücklich die Erlaubnis gegeben, ihr Geheimnis nach ihrem Tod lüften zu dürfen. Deswegen schreibe ich an dieser Stelle darüber. Moyenne hatte also durchaus auch eine zwielichtige und „wilde" Vergangenheit, wie ja gleichfalls die Gerüchte um vergrabene Schätze von Piraten, die nicht tot zu kriegen waren, belegten. Ständig fragten mich die Besucher danach, weil sie es irgendwo aufgeschnappt oder gelesen hatten. Zu der Zeit, als die Piraterie verbreitet war, lebte auf den Seychellen niemand. Die Inseln waren unbewohnt. Es gab aber Frischwasser, genug Holz und gute Ankerplätze, um ungestört Schiffsreparaturen durchzuführen. Es gab keine Behörden hier, keine Kontrollen, niemand war da! Niemand konnte es auch beobachten, wenn die Piraten hier einen Schatz in Eichhörnchenmanier vergruben, um später, wenn die Kassen sich leerten, wieder flüssig zu sein. So waren die Seychellen der sichere Hafen, die Sparkasse der Piraten, wo sie die Beute lagern konnten, während sie weitere Schiffe oder Städte in Ostafrika überfielen. Piraten wie Edward England, William Kidd, George Taylor, John Avery und „La Buze" kreuzten nachgewiesener Maßen in den Seychellen und ihre wertvolle Beute, wie zum Beispiel das mit Edelsteinen besetzte goldene Kreuz des Bischofs von Goa, ist bisher noch nicht wieder aufgetaucht. Schon möglich, dass es auf Moyenne versteckt liegt, sagte ich den Touristen. Warum nicht? Es ist einfacher auf Moyenne oder den anderen kleinen Inseln im St. Anne Marine Park einen Schatz zu markieren und wiederzufinden als auf dem viel größeren Mahe. Im Laufe der Jahre baten mich etliche Besucher, die Insel mit Metalldetektoren absuchen zu dürfen. Sie fanden nie etwas. Immer piepte ihr Detektor, aber nur weil die Felsen auf Moyenne metallhaltig sind. Es ist unmöglich, hier einen Schatz mittels Detektor zu finden. Ich habe alle möglichen Orte im Laufe von 30 Jahren selber abgesucht und viel gegraben, und wenn ich den Schatz gefunden hätte, dann hätte ich mir das Leben auf Moyenne sicher etwas komfortabler gestaltet. Überhaupt: Man braucht keinen Detektor, um einen Schatz auf Moyenne zu finden. Man braucht dazu nur Augen und Verstand, um die grandiose Schönheit rings um einen herum zu erkennen. 'Danke, Gott!', kann ich nur sagen. Die Insel selber, das wunderschöne Meer und das Riff, die Flora und die Fauna, das ist der Schatz. Was soll ich mehr dazu sagen. Darum: Schützt Moyenne, dieses einzigartige Juwel im Indischen Ozean, vor Kommerz, Ausbeutung und Zerstörung!"

Reise in den Südatlantik

Brendon verließ Moyenne Anfang der 1990er Jahre zu einer längeren Reise auf die westliche Seite des afrikanische Kontinents: „Im Jahr 1991 besuchte mich der deutsche Hobbywissenschaftler George Egnal auf Moyenne, der im Gegensatz zu mir die Galapagos-Inseln besucht hatte und der auch auf der Insel Floreana gewesen war, auf der mein großes Auswanderer-Vorbild Dr. Friedrich Ritter dereinst lebte. Obwohl ich regelmäßig sehr viele Besucher empfing, war Herr Egnal einer der ganz wenigen, mit dem ich mich aus erster Hand über

Floreana, Dr. Ritter, die Galapagos Inseln und die dortigen Riesenschildkröten austauschen konnte. George Egnal erwies sich als exzellenter Kenner der Materie. Es war eine wahre Freude, mich mit ihm zu unterhalten. Er besaß tiefer gehende Kenntnisse in Bezug auf nordamerikanische, winterharte Kakteen und hatte sogar selber in mehrjährigen Versuchen eine eigene Kreuzung von Echinocereen (Igelsäulenkakteen) - nur zum eigenen privaten Vergnügen - gezüchtet. Er nannte die Art in guter botanischer Taxonomie „Echinocereus triglochidiatus nikomausia", oder kurz „Nikomausia". Herr Egnal erzählte mir die Geschichte einer Schildkröte, die mich sehr betroffen machte und schockierte. Es handelte sich um die Schildkröte „Jonathan", die auf dem Landsitz „Plantation House" des britischen Gouverneurs auf der Insel Saint Helena im Südatlantik lebte. Das nun 159-jährige Reptil wurde 1882 auf die Vulkaninsel gebracht, als Geschenk für William Grey-Wilson, der damals der Gouverneur war.

Laut dem Guinness Book of World Records wurde Jonathan auf den Seychellen im Indischen Ozean um 1832 geboren. Man kann sich nur unschwer vorstellen, welche Wunder und welche Geschichten das Reptil über die Jahre miterlebt hat. Als Jonathan geboren wurde, war Andrew Jackson noch US-amerikanischer Präsident und einfache Dinge wie Fotoapparate oder Glühbirnen waren noch nicht erfunden. Dieses wunderschöne Tier hatte über 30 amerikanische Präsidenten miterlebt sowie historische Meilensteinen wie den Bürgerkrieg in den USA, die beiden Weltkriege, die Große Depression, den ersten Flug zum Mond und die Deutsche Einheit. Sein Alter begründete sich auf der Tatsache, dass Jonathan bei der Überfahrt nach St. Helena 1882 voll ausgewachsen war. Dies belegen Fotos aus dem Jahr 1886. Damit wurde zu diesem Zeitpunkt sein Mindestalter mit 50 Jahren festgesetzt. So weit, so gut. Was mich aber total empörte, war die Tatsache, dass Jonathan seit über 100 Jahren auf St. Helena alleine leben musste und schon Anzeichen von Aggressivität sowie psychischer Erkrankung zeigte. George Egnal machte mir den Vorschlag, ob man nicht überschüssige Weibchen von Moyenne nach St. Helena verschiffen könnte, damit Jonathan von seinen Qualen der Einsamkeit erlöst würde. Ich fand die Idee so toll, dass ich bei Gouverneur Robert Frederick Stimson anrief, den ich im achten Anlauf auch tatsächlich an die Strippe bekam. Er begrüßte meinen Vorschlag, gab mir aber zu bedenken, dass sich dieser praktisch kaum umsetzen ließe, denn der Transport solcher Tiere zwischen den Seychellen und St. Helena wäre nicht zu bewerkstelligen. Auf St. Helena gäbe es keinen Flughafen für Frachtmaschinen und die einzige Verbindung wäre nur ein kleines Postschiff, welches zwischen Cardiff in England und Kapstadt in Südafrika die Insel in zeitlich größeren Abständen anläuft. Man hatte nicht umsonst dereinst Napoleon hierhin verbannt, die Insel war zu abgelegen und fast nicht erreichbar. Der Gouverneur meinte, er würde zum Jahresende in den Ruhestand treten. Wenn wir bis dahin den Transport von lebenden Schildkröten nach St. Helena organisieren könnten, dann wären ihm die Tiere sehr willkommen.

George Egnal und ich überlegten kurz: Einen Transport auf See würden die empfindlichen Tiere wohl kaum sehr lange überstehen. Man müsste sie also mit dem Flugzeug nach Kapstadt fliegen, dort auf das Postschiff verladen und den Gouverneur überzeugen, einen Passierschein zu erteilen. Ich erkundigte mich bei British Airways Cargo. Ein Flug der Tiere würde ca. 8000 Pfund kosten. Dieses Geld konnte ich nicht aufbringen, aber ich besaß ja Kontakte zu diversen Milliardären. Einer, der selber ein tropisches Eiland besaß und nicht genannt werden wollte, überwies mir umgehend 20.000 Pfund für die Aktion. Ich suchte zwei geeignete, mittelalte und mittelschwere Weibchen aus, die wir nach dem Gouverneur „Roberta" und „Frederica" nannten und organisierte den Transport zum Flughafen Mahe in großen Kisten. Es gelang uns tatsächlich, beide Tiere unbeschadet nach Kapstadt zu fliegen und auf das Postschiff zu verfrachten. Doch leider verstarb „Roberta" kurz vor der Ankunft in St. Helena. Nun bin ich kein Veterinär, also blieb die Todesursache unbekannt, aber zum Glück hatte jede Schildkröte ihre eigene Kiste und wurde räumlich separiert, sodass die Krankheit der einen nicht auf die andere überspringen konnte. Robertas Kadaver wurde über Bord geworfen, und ich war nur heilfroh, dass zumindest Frederica kerngesund wirkte. Als das Schiff am nächsten Tag im Hafen von Jamestown auf St. Helena fest machte, hatte Frederica einen riesigen Appetit und schlug vehement gegen die hölzerne Kiste, weil sie wütend ihren Auslauf forderte. Mit einem Truck fuhren wir vom Hafen hoch in Richtung Plantation House, dem Sitz des Gouverneurs. Sir Stimson erwartete uns schon freudestrahlend, und er bestand darauf, dass wir Frederica erst nach der Einnahme des vorgezogenen 5 Uhr-Tee vom LKW hievten. Ich fand das schrullig und Frederica gar nicht witzig, aber immerhin war es hier oben nebelig und angenehm kühl. Ich war mir sicher, dass meine Schildkröte diese letzte halbe Stunde auch noch überstehen würde. Vor dem Plantation House gab es eine saftig grüne Wiese. So etwas existierte auf Moyenne nicht. Als wir Frederica endlich abgeladen hatten, stürzte sie sich gierig auf das Gras und fing an zu weiden wie eine Kuh. Frederica musste nun für zwei ganze Monate in Quarantäne, bevor man sie zu Jonathan ließ. Die Zeit hatte ich nicht, denn ich wollte mit dem nächsten Postschiff weiter auf die Insel Ascension reisen und von dort weiter nach England, um wieder nach Mahe zurück zu fliegen. Wie man mir später berichtete, verstanden sich Jonathan und Frederica sehr gut. Jonathan wurde wesentlich ruhiger und ausgeglichener. Seine psychischen Probleme verschwanden. Nur der Nachwuchs blieb leider aus."

Hierzu eine Anmerkung von Autor Nicolas Montemolinos: Als Tierärzte 2017 bemerkten, das Frederica ein Männchen ist und Brendons Geschenk somit zwangsläufig auf „Fred" umtaufen mussten, dichtete man seitens der Boulevardpresse der „ältesten Schildkröte der Welt" prompt eine schwule Beziehung an. Vermutlich hätte sich Brendon über sein Missgeschick zwar einerseits köstlich amüsiert, andererseits aber auch extrem geärgert, denn der Aufwand Fred alias Frederica nach St. Helena zu schaffen war seinerzeit letztlich so groß gewesen, dass die Kosten zum Schluss auf über 25.000 Pfund anstiegen. Brendon musste an das Erbe seines Vaters Raymond heran gehen, um alles zu bezahlen. Es ärgerte ihn zudem maßlos, dass die Geschichte mit Jonathan und „Frederica" zwar weltweit publiziert wurde, sein Name und sein Beitrag dran aber vom neuen Gouverneur Alan Hoole gar nicht erwähnt worden war.

Doch zurück zu Brendons Erzählung über seine Reise in den Südatlantik: „Auf St. Helena besichtigte ich noch Longwood House, wo Napoleon zwischen 1815 und 1821, also bis zu seinem Tode, lebte. Ich wünschte, ich würde so ein luxuriöses Anwesen auf Moyenne besitzen. Ich wunderte mich echt, was man hier für Napoleon am Ende der Welt einen Aufwand betrieben hatte. An St. Helena fiel mir überdies auf, dass nur die Bergregion durch den Passatwind ergrünt war. Der Küstenstreifen glich einer trockenen Wüste. Laut George Egnal zeichneten sich auch die Galapagos-Inseln am Äquator durch grüne Berge und trockene Küsten aus. Dort war es jedoch nicht der Passat, sondern der Garua-Nebel, der die

Feuchtigkeit spendete. Offenbar schien es ein typisches Insel-Phänomen in den Tropen weltweit zu sein, dass nur diejenigen Eilande, deren hohen Gipfel die Wolken melken konnten, ausreichend mit Feuchtigkeit versorgt werden. Auf St. Helena wurde dieser Kontrast von braun und grün, der fast nahtlos zu sein schien, ganz besonders deutlich.

Nach zwei Wochen verabschiedete ich mich von Frederica, der ihr neues Zuhause sichtbar gefiel und brach guter Dinge nach Ascension auf, einer Insel, über die ich schon viel gehört und gelesen hatte und die mich sehr interessierte. Nach meiner Kenntnis war der holländische Seefahrer Leendert Hasenbosch dort am 5. Mai 1725 auf der damals noch unbewohnten Insel ausgesetzt worden, weil er sich angeblich der „Sodomie" schuldig gemacht haben sollte. Darunter verstand man damals unerwünschte sexuelle Praktiken, die nicht der Zeugung von Nachwuchs dienten. Also, ich war bedingt durch meine Position als „Junggeselle" natürlich absolut empört über diese angeblichen „Verbrechen". Vermutlich steigerte ich mich zu sehr in solche total ungerechten Gruselstorys hinein. Was Hasenbosch dort vorfand, war unerträglich öde: Die 91 Quadratkilometer große Insel (die hundertfache Größe von Moyenne), ein verlorener Fels im Atlantischen Ozean, rund 1600 Kilometer von der Küste Westafrikas und 2250 Kilometer von Brasilien entfernt, zeigte sich dem holländischen Robinson als kahler Vulkan, beherrscht von Krabben und Ratten. Wir hatten auf Moyenne auch jede Menge Buschratten, doch nur kleine Krebse. Seine Ernährung bestand fast ausschließlich aus Schildkröten und Vogeleiern, eine Wasserquelle war nicht zu finden. In seiner Verzweiflung versuchte er, Regenwasser in selbst gegrabenen Löchern zu sammeln, dann stieg er um auf Schildkrötenblut und trank sogar seinen eigenen Urin. Ein halbes Jahr hielt er durch, dann war er verdurstet. Als ein britisches Schiff 1726 vor der Insel ankerte, fand die Mannschaft nur noch Hasenboschs Ausrüstung und sein Tagebuch. Was für ein schreckliches Schicksal! Mich deprimierte diese Geschichte einerseits total, andererseits zog sie mich völlig in den Bann.

Entdeckt wurde die Insel 1501, allerdings hatte mehr als 300 Jahre lang niemand Verwendung für Ascension. Eine französische Expedition hinterließ später als Fleischreserve ein paar Ziegen, die weite Teile der ohnehin spärlichen Pflanzenwelt auffraßen. Wenn überhaupt Menschen die Insel betraten, waren sie auf der Suche nach Nahrung oder Gäste wider Willen. 1815 gründeten meine britischen Landsleute auf Ascension eine kleine Garnison, um St. Helena und Napoleon vor den Franzosen zu beschützen. 1967 richtete die Nasa eine Bodenstation ein, wie später auch die Europäische Raumfahrtbehörde Esa, die von Ascension aus Ariane-Flüge überwacht. Heute sind die 600 Bewohner der Insel nahezu ausnahmslos beim Militär, in der Kommunikationstechnologie oder der Raumfahrt beschäftigt. Dass sie dort unter wesentlich angenehmeren Bedingungen leben als der arme Leendert Hasenbosch, hat auch mit meinem großen Vorbild Charles Darwin zu tun, der 1836 mit der HMS Beagle vor Ascension ankerte. Seine Tagebucheinträge sprechen ebenfalls von der überwältigenden Ödnis der Insel. In Küstennähe sei sie ohne Bewuchs, auch Bäume fehlten vollständig. Nicht viel besser sehe es mit der Fauna aus. Darwin zitierte eine Bemerkung der Bewohner St. Helenas: "Wir wissen, dass wir auf einem Felsen leben, aber die armen Leute auf Ascension leben auf einem Stück Asche." Angeblich hätte bei der Besiedelung von Ascension, was übersetzt „Christi Himmelfahrt" heißt, nur ein einziger Baum auf der ganzen Insel gestanden.

Ähnliche Eindrücke gewann der britische Botaniker Joseph Hooker, der die Insel sieben Jahre später auf dem Rückweg einer Antarktisexpedition besuchte. Er legte 1854 als Direktor der berühmten Kew Gardens südwestlich von London der Royal Society einen Plan zur Bepflanzung der Insel vor, womit sich mein Interesse an dieser Geschichte begründete, denn schließlich bepflanzte ich ja nun auch eine öde Insel, nämlich Moyenne. Hookers Idee war so einfach wie wirkungsvoll: Das wesentliche Hindernis einer ausgeprägten Pflanzenwelt sei der mangelnde Regen, schrieb er in einem seiner Manuskripte, welches ich in der Bibliothek von Victoria in die Finger bekam. Darin unterschied sich sein Plan zur Begrünung von meinem jedoch völlig, denn auf Moyenne regnete es in der Regel mehr als genug! Hier war eher das Zuviel als das Zuwenig das Problem! Auf dem trockenen Vulkanberg von Ascension sollten Bäume gepflanzt werden, die den Nebel abfangen und so Feuchtigkeit und Regenfall erhöhen würden. Zudem müsse die Bildung tieferer Erde durch gezielte Pflanzungen befördert werden. Hookers Plan zielte also nicht darauf ab, direkt ein künstliches Ökosystem zu schaffen. Er wollte stattdessen mit Regenfall, Feuchtigkeit und Bodenbildung die Rahmenbedingungen erzeugen, in denen sich ein neues Ökosystem etablieren konnte. Das fand ich interessant, denn das Brüten der Kardinalsvögel auf Moyenne zeigte mir ja selbst, dass sich durch meine verbesserten Rahmenbedingungen neue Arten und somit neue Ökosysteme von alleine ansiedelten. Die Royal Navy folgte Hookers Plänen und importierte mehr als 220 verschiedene tropische Baumarten, Sträucher und Kräuter aus botanischen Gärten in England und den britischen Kolonien. Jeden Monat kamen neue Samen und Pflanzen wie Agaven, Akazien, Bambus, Eukalyptusbäume oder Feigen. Auf Hookers Empfehlung wurde ein Inselgärtner angestellt, der für die

Pflanzungen sorgte. Ja, an dem Punkt merkte ich, dass ich 100 Jahre zu spät geboren worden war, denn den Job hätte ich mit Sicherheit sehr gerne gemacht! Auch wenn sich nicht alle Arten auf der Insel halten konnten (das erlebte ich mit Eukalyptus auf Moyenne ebenso), dokumentieren die Berichte der königlichen botanischen Gärten in Kew die rasante Ausbreitung einer neuen Pflanzenwelt. Heute findet sich auf Ascension ein expandierender Nebelwald, in dem die Pflanzen aus verschiedenen Weltregionen ein einmaliges Ökosystem bilden. Was die Angelegenheit so interessant jenseits der Geschichte dieser Insel macht, ist die Geschwindigkeit, mit der sich Ascensions künstlich geschaffenes Ökosystem entwickelt hat - nicht in Jahrhunderten, sondern wenigen Jahrzehnten. Diese Erfahrung hatte ich auf Moyenne, natürlich mit ganz anderen klimatischen Vorzeichen, auch gemacht. Hookers Plan könne gar als ein Vorläufer des modernen "Terraformings" betrachtet werden, also der künstlichen Schaffung lebensfreundlicher Umweltbedingungen, wie sie bezüglich anderer Planeten, zum Beispiel dem Mars, diskutiert wird. Jedenfalls freute ich mich sehr auf die Insel Ascension und durfte mich dort auf Empfehlung von Gouverneur Stimson mit einem von ihm ausgestellten Passierschein außerhalb der militärischen Anlagen frei bewegen. Ein dort stationierter Soldat, Andrew Mikelson, begleitete mich bei meiner Exkursion zum künstlichen Nebelwald und zeigte mir den Weg. Ich musste jedoch leider feststellen, dass ich keinerlei Pflanzen wieder erkannte, die bei mir auf Moyenne wuchsen. Insofern wurde dieser Aufenthalt biologisch betrachtet zwar höchst interessant, lieferte mir für mein eigenes „Garten-Eden-Projekt" auf den Seychellen jedoch keine neuen Erkenntnisse. Was mich an diesem künstlichen Ökosystem total beeindruckte, war gar nicht so sehr der Nebelwald, in dem Pflanzen aus allen Erdteilen nun in einer neuen Mischung gut zusammen wuchsen, sondern ein anderer Wald aus riesigen Araukarien von der Insel Norfolk, der aussah wie eine Tannenschonung in Schottland. Man hatte die Bäume einst gepflanzt, um Holz für Schiffsreparaturen zu gewinnen. Insbesondere auch Holz für Masten. Da stand ich nun in einem dichten „Tannenwald", wo vorher nichts als blankes Vulkangestein gewesen war und kam aus dem Staunen nicht mehr heraus. Der Berggipfel wurde umbenannt und heißt inzwischen „Grüner Berg". Ascension Island sieht aus wie eine Mischung aus Mond und Paradies. Mit dem Green Mountain als Spitze, der einmal ein Vulkan war und als solcher vielleicht wieder einmal aktiv sein wird. Bis weit hinauf zu seinen Flanken sieht Ascension Island aus wie der Mond: nacktes, dunkles, kantiges, heißes Gestein und kaum Vegetation. Die obere Hälfte des Vulkans ist jedoch grün, es gibt allerlei Bäume, und auf einer wunderbaren Wanderung lässt sich der grüne Gipfel in etwa zwei Stunden umwandern. Seltsam ist dabei die Stille. Nur der Wind rauscht in den Blättern der Bananen und sonstiger exotischer Bäume. Insekten, Mücken, Fliegen, Schmetterlinge und Käfer gibt es fast keine. Schlangen und Kröten sowie Raubtiere gar keine. Bloß ab und zu eine Ratte. Und eine kastrierte Katze. Nur kastrierte „Stubentiger" dürfen hier leben. Sie würden sich sonst viel zu stark vermehren und aus Ascension eine Insel der Katzen machen.

George Egnal, der einen Bildband über Ascension zu Hause in Deutschland besitzt, hatte mir berichtet, dass gemäß den Fotos Ascension eine verblüffende Ähnlichkeit mit der Galapagos-Insel Floreana hätte. Nun war ich froh, dass ich nach Moyenne ausgewandert war. Ein Leben im feuchtkalten Hochland oder in der trocken-heißen Wüste an der Küste wäre nichts für mich gewesen. Ich wollte nicht auf dem Mond leben und das angeblich „paradiesische Hochland" erinnerte mich dann doch etwas zu sehr an das nebelige

England. Mir wurde durch den Aufenthalt in Ascension klar, dass sich Dr. Ritter definitiv die falsche Insel für sein Auswanderer-Projekt ausgesucht hatte. Man wandert nicht, wie Ritter es getan hat, auf eine Insel aus, die man nie zuvor gesehen hat. Das musste ja schon fast zwangsläufig schief gehen. Das ist Irrsinn!

Was ich aber dennoch als sehr nützlich fand, war die Tatsache, dass ich in der kleinen, historischen Insel-Bibliothek in Georgetown, zu der mir der Passierschein des Gouverneurs Zutritt verschaffte, auf ungeahnte alte Dokumente zum Fall Hasenbosch stieß. Diese waren zwar teilweise in holländisch verfasst, doch dank Andrew Mikelson, dessen Vater aus Südafrika stammte und der noch einige Brocken „Afrikaans" konnte (also südafrikanisches Holländisch), gelang es mir wichtige Details dieser faszinierenden Geschichte zu Tage zu fördern. Offenbar hatte Hasenbosch in seiner eigenen Kabine einen blutjungen Matrosen gegen Bezahlung penetriert und in diesen ejakuliert. Die zwei Männer wurden erwischt, weil es zu einem lautstarken Streit zwischen ihnen über den „Liebessold" gekommen war. Für diese sogenannte „vollständige Sodomie" wurde der niederrangige Matrose gefesselt über Bord geworfen und im Sinne einer calvinistisch-religiös geprägten Strafordnung ertränkt. Hasenbosch, als Buchhalter der Ostindien-Kompanie höher im Rang, wurde mit der Aussetzung auf Ascension eine zumindest theoretische Überlebenschance eingeräumt. Den Akten nach hatte Hasenbosch aber bereits in den Niederladen mit einem Jungen namens Jan Backer verkehrt und diesem eine hohe Summe „Schweigegeld" bezahlt. In den holländischen Schiffen jener Zeit wurde das Essen stark mit Salpeter gewürzt, um die Sexualfunktionen der Besatzungen zu dämpfen. Nach dem Vorfall mit Hasenbosch ließ der Kapitän die Dosis an Salpeter so stark erhöhen, dass einige Männer versehentlich vergiftet wurden.

Als kleiner Außenposten mitten im riesigen Meer haben natürlich sowohl St. Helena als auch Ascension ihre Erlebnisse mir Schiffbrüchigen, Castaways und Robinsonen jeglicher Coleur gesehen und erlebt. Dagegen sind Geistergeschichten über eine Emma Best und Märchen hinsichtlich angeblicher Piratenschätze auf Moyenne nur infantiler Kinderkram. So selbstverständlich erschienen manchen Schiffbrüchigen ihre Horror-Erlebnisse, dass sie arglos erzählten, was wirklich geschehen war. So geschah es offenbar auch dem deutschen Kapitän P. H. Simonsen, der drei schiffbrüchige Männer im Südatlantik auf seine Bark "Moctezuma" geholt hatte. Aus den Dokumenten in Georgetown entnahm ich, dass sie im Hafen Falmouth, in Südwest-England, wo sie an Land gebracht wurden, nichts verschwiegen. Auf amtlichen Formularen gaben sie die Vorgänge zwischen Schiffbruch und Rettung freiwillig zu Protokoll. Danach war ihr kleines Segelschiff "Mignonette" auf der Reise von England nach Australien etwa 680 Meilen südlich von St. Helena in einem Sturm untergegangen. Die vierköpfige Besatzung rettete sich in ein etwa fünf Meter langes Beiboot. An Lebensmitteln konnten die Männer nur zwei Dosen mit weißen Rüben mitnehmen. Süßwasser gab es nicht an Bord. Am vierten Tag gelang es ihnen, eine kleine Schildkröte zu fangen, die sie verzehrten. Am achten Tag begannen sie, ihren eigenen Urin zu trinken. Das erinnerte an die Geschichte von Hasenbosch. Am neunzehnten Tag schließlich schnitt Kapitän Thomas Dudley dem 17jährigen Schiffsjungen Richard Parker, der vom Salzwasser-Genuss erkrankt war, die Kehle durch und fing sein Blut in einem Chronometer-Gehäuse auf. Matrose Edmund Stephens, der sich an der Tötung nicht beteiligt hatte, verlangte gleichwohl nach dem Blut des Jungen, und er verspeiste mit den anderen zusammen Herz und Leber Parkers, die der frühere Schiffskoch Tom Dudley mit seinem Taschenmesser aus dem Körper herausgeschnitten hatte. Auf dem Bootsrand zerlegte Dudley den Toten und schnitt das Fleisch in Streifen, damit es besser aufbewahrt und vor dem aufkommenden Regen geschützt werden konnte. Das widerwärtige an der Geschichte war, dass sowohl Dudley, als auch Stephens, zwei heterosexuelle Familienväter, mangels Frauen an Bord mit dem Schiffsjungen Parker vor dem Untergang der „Mignonette" eine intensive sexuelle Beziehung hatten. Parker musste abwechselnd mit Dudley, dann mit Stephens im Bett schlafen. Nur der dritte Mann an Bord, Edwin Brooks, beteiligte sich an diesem Missbrauch nicht. Wie im Leben, so nutzten sie den körperlich schwächeren und unterlegenen Parker auch im Tode ohne Skrupel aus. Vier Tage später entdeckte die "Moctezuma" das Boot. Die schrecklichen Ereignisse spielten sich im Juli 1884 ab. Die englische Justiz machte Dudley und Stephens, die sich völlig unschuldig fühlten, zu einem Präzedenzfall, der die Jurisdiktion der Krone auch auf die Weltmeere ausdehnen und überdies darauf hinwirken sollte, dass auch in größter Not beim Verzehr von Mitmenschen gewisse Regeln eingehalten werden müssten. Matrose Brooks ließ sich zum Zeugen der Krone machen und war deshalb von der Anklage ausgenommen. Das Gericht hatte allerdings einen schweren Stand, weil Bevölkerung und Öffentlichkeit die beiden Angeklagten nicht nur für Ehrenmänner, sondern für Helden hielten, die unter kaum vorstellbaren Strapazen mutig reagiert und drei Leben gerettet hätten. Zum Verhängnis wurde Dudley und Stephens, der Umstand, dass sie Opfer und Henker nicht wie üblich ausgelost, sondern selber bestimmt hatten, Parker zu töten. In der Viktorianischen Zeit war Kannibalismus als Seefahrerbrauch durchaus legitimiert, solange er nur ordentlich durchgeführt wurde, wie ich anhand von Nachforschungen in London im Anschluss an meinen Aufenthalt in Ascension recherchieren konnte. Dazu gehörte es, dass unterschiedlich lange Lose gezogen werden mussten. Wer das kürzeste zog, musste sich opfern; das zweit kürzeste bestimmte, wer das Opfer zu töten hatte. Zum Brauch gehörte auch, dass man keine Verwandten essen durfte. Vergebens führten die Angeklagten ins Feld, ihr Opfer sei krank und schwach, sein Tod nur noch eine Frage der Zeit gewesen. Beide wurden wegen Mordes zum Tode verurteilt, wenig später allerdings mit Rücksicht auf Volkes Stimme zu sechs Monaten Haft begnadigt.

Für immer unbekannt bleibt aber, welche Tragödien sich auf den Weltmeeren in jener Zeit noch ereigneten, als es keine Funkgeräte gab, die SOS-Rufe blitzschnell über Tausende von Kilometern verbreiten können. Entweder es gab keine Überlebenden, oder die Geretteten zogen es vor, über ihre Erlebnisse ganz einfach zu schweigen. Als letztes Kannibalen-Schiff des 19. Jahrhunderts gilt nach meiner Recherche die norwegische Dreimastbark "Drot", die 1899 vor der Küste Floridas unterging. Sechs Mann konnten sich auf ein Not-Floß aus Schiffsteilen retten; einer von ihnen ging rasch über Bord. Sie hatten weder Lebensmittel noch Wasser, so lagen schon bald zwei der Überlebenden im Sterben. Kurz vor dem Tod stieß man ihnen das Messer ins Herz und trank ihr Blut. Es schien die Männer zu berauschen, denn sie verschmähten das Fleisch der Toten und verlangten weiteres Blut. Lose wurden gezogen, die den 35jährigen Österreicher Max Hoffmann zum Opfer bestimmten. Er akzeptierte sein Schicksal und bot seine nackte Brust den beiden anderen dar, die ihn durch Stiche ins Herz töteten und sein Blut tranken. Die beiden Überlebenden wurden 20 Tage nach dem Schiffbruch von einem englischen Dampfer aufgenommen und gerettet. Anders als

Hasenbosch, der auf der „Himmelfahrtsinsel" keine Rettung fand. Die Briten haben mit ihrer Besiedelung der Insel ab 1815 gemerkt, wie öde und lebensfeindlich Ascension war. Deshalb bauten sie Lagerhäuser auf der Insel, in denen sie haltbaren Fruchtlikör lagerten. Das stellte notfalls die Versorgung mit Flüssigkeit sicher, half den Seeleuten aber auch als Medizin gegen Skorbut und Vitaminmangel.

Abbildung 17: Nicolas Montemolinos im Oktober 2011

Ganz am Rand der Insel, auf einer Klippe, steht ein zerfallenes Gebäude. Die Landkrabben sind die einzigen Bewohner. Die Türen sind zugenagelt, die Fensterscheiben eingeschlagen oder blind. Auf einer verblichenen Tafel lesen wir, dass hier einmal ein Kommunikations-Zentrum der NASA, der amerikanischen Raumfahrtbehörde, war. Neil Armstrong habe am 21. Juli 1969 den Mond als erster Mensch betreten. Seine berühmten Worte «Ein kleiner Schritt für einen Menschen, ein großer Schritt für die

Menschheit» und die dazugehörigen TV-Bilder seien, so steht es auf der Tafel, zuerst hier auf die Erde gelangt und dann nach Houston in die Kommandozentrale weitergeleitet worden. Was auch immer auf Ascension heute gebaut ist und was auch immer hier dieser Tage wächst: Zu Hasenboschs Zeiten gab es nichts davon. Mir ging auch bald das Geld aus und irgendwie nervte mich die Insel. Da hier kaum Touristen her kamen, waren die Einheimischen in der Regel verschlossen und „muffelig". Das war mir schon auf St. Helena aufgefallen, aber Ascension war echt der ungastlichste Ort, an dem ich je gewesen bin. Immerhin musste ich nicht verdursten!

Im Griff der Immobilienhaie

Die Zeit auf Ascension gestaltete sich aufregend und lehrreich, aber ich musste die Militärmaschine nach London nehmen, um über England wieder auf die Seychellen zurück zu kehren. Nach mehreren Wochen wurde es Zeit, meinen Garten Eden aufzusuchen. Ich hatte großes Heimweh. In London herrschte wie üblich grauenhaftes, nasskaltes Wetter und alles an England nervte mich einfach nur. Mein Heimatland war mir inzwischen völlig fremd geworden. So freute ich mich, dass ich nach wenigen Tagen mit Zwischenstopp in den Vereinigten Arabischen Emiraten nach Mahe weiterfliegen konnte. Ich freute mich auch auf René, denn während der Trennung von ihm wurde mir klar, wie sehr ich an ihm hing und wie sehr ich ihn auch brauchte. Das Wiedersehen verlief entsprechend enthusiastisch und stürmisch. Doch die Freude währte nicht lange. Als wir eines Morgens durch Lärm aufwachten, traute ich meinen Augen kaum: Vor meinem Haus auf der Treppe lag eine geköpfte Ziege, deren Blut über die Treppenstufen gelaufen war und auf dem Rundweg vor der Veranda eine große Lache gebildet hatte. Ich war geschockt! René meinte zu mir, dies sei eine Warnung! Ich konnte mir zunächst gar keinen Reim auf die Sache machen, bis ich eine Woche später einen Anruf von einem gewissen „Monsieur Moulin" bekam, der sich mir als „Projektentwickler" vorstellte und mich fragte, ob ich mir nicht schon einmal selber die Frage gestellt hätte, Moyenne zu verkaufen. Für die Insel sei sicherlich ein Preis von mehreren Millionen US-Dollar zu erzielen, wenn man sie an einen großen Hotel-Konzern verkaufen würde. Ich erinnere mich noch sehr gut an diesen Anruf, Es war am 19.11.1991, und es war der Tag, an dem ich begriff, dass Moyenne nun ein „Paradies am Abgrund§ war. Es folgten weitere aufgezwungene Telefonate mit Immobilien-Entwicklern, weitere „Überzeugungsversuche" vor Ort, weitere Kaufangebote mit immer höheren Summen und immer neue Drohungen. Mal wurden unsere Bäume in unserer Abwesenheit gefällt, mal wurde unser Boot versenkt und dann wieder brannte ein Schuppen. Als aber nachts eine Brandbombe unter mein Haus gelegt wurde, die zum Glück wegen eines Defektes (zufällig oder absichtlich) nicht zündete, war das Maß endgültig voll. Ich ahnte unterbewusst, dass ich Moyenne in eine Stiftung einbringen und dem Staat vermachen musste, mit der Maßgabe Moyenne nach meinem Tode als „Nationales Erbe" zu erhalten. Hierzu begann ich, Gespräche mit den staatlichen Stellen zu führen und meine Kontakte aus dem Rotary Club zu nutzen. Langfristiges Ziel sollte es sein, Moyenne Teil des St. Anne Marine Nationalparks werden zu lassen, um das Eiland dauerhaft der Immobilienspekulation zu entziehen. Das war die einzig realistische, dauerhafte Möglichkeit, die in Betracht kam. Ich kannte die Korruption auf den Seychellen. Wenn man hier die richtigen Leute mit Geld überzeugt, ist vieles möglich, auch die Enteignung einer Insel zum Hotelbau unter dem Vorwand, eine solche Investition schaffe dringend benötigte Arbeitsplätze. Ich war nicht mehr jung und letztlich mit René alleine. René und ich beschlossen aber gemeinsam, diesen Kampf nun aufzunehmen. Wir wollten das Paradies retten, statt es zu verkaufen. Geld bedeutete uns nichts! Wir hatten eine neue Aufgabe, und das schweißte uns noch mehr zusammen."

Abbildung 18: Nicolas Montemolinos in Willemstad (2016)

Epilog

In den letzten 50 Jahren ist eine Insel voll unbeschreiblicher Schönheit als Kulturleistung entstanden, die heute nach zudringlichen Angeboten von Immobilien-Haien wohl über 100 Millionen Euro wert wäre, hätte man sie zwischenzeitlich, im Jahre 2009, nicht zum Nationalpark erklärt. Diese Insel ist der **„Schatz der Seychellen"**! Brendon Grimshaw kämpfte zeit seines Lebens ohne Erben dafür, dass sein Lebenswerk nicht zum Spielball von "Immobilien-Entwicklern" wurde, die am liebsten gerne Ressourcen-verschleudernde Hotelanlagen mit Swimmingpools auf "Moyenne Island" errichtet hätten. Der klassische Konflikt also zwischen Natur, Kultur und Kapital, zwischen der Lebenszeit eines Individuums und ökonomischen Strukturen, die mit Zerstörung eine vermeintliche Sicherheit von Stabilität und Dauer geben wollen. Sollen also die letzten kultivierten Naturparadiese bald nur noch für die oberen 10.000 Einkommensmilliardäre der Welt zugänglich sein? Etwa für Chinesen, Inder oder Amerikaner, deren Sinn für Naturschutz doch eher begrenzt erscheint? Im Falle von Moyenne ist es (vorerst) gelungen, dies zu verhindern. Das ist das Happy End an dieser Geschichte. Der „schwule Robinson" Brendon Grimshaw starb am 09.07.2012 im Alter von 87 Jahren im Krankenhaus von Victoria. Er konnte die Rettung seiner Insel als Teil des St. Anne Marine Nationalpark also noch mit erleben. Leider starb sein Freund, Lebensgefährte und Adoptivsohn René Lafortune bereits fünf Jahre zuvor. Als Todesursache wird offiziell Krebs genannt. Das kann man glauben, muss es aber nicht! Es gab das Gerücht, ob es nicht vielleicht doch AIDS war, wenn jemand so jung stirbt. Aber dafür gibt es keinerlei Beweise. Wie dem auch sei: Für Brendon war der Tod von René, wie jeder nachvollziehen kann, ein sehr schwerer

Schicksalsschlag. Bedauerlicher Weise wurde René nicht auf Moyenne, sondern auf dem Festland begraben. Man riss zwei für einander bestimmte Menschen auseinander. Das ist das traurige an dieser Geschichte. Dennoch: Als „schwuler Robinson" soll er uns in Erinnerung bleiben. Es gibt viele Robinsone. Aber nur einen einzigen, der den **„Schatz der Seychellen"** schuf!

* ENDE *

* In Erinnerung an Johannes Schwedrat (21), geschändet und ermordet im Oktober 1944 in Ostpreußen *

Eine junge Coco-de-Mer-Palme aufMoyenne